ABDULRAZAK
GURNAH

Abdulrazak Gurnah
古 尔 纳 作 品

Memory of Departure

离别的记忆

〔英〕阿卜杜勒拉扎克·古尔纳——著

张峰——译

上海译文出版社

献给

莱拉和萨拉，以及 SVG。

目　录

附录

第一章

母亲在后院生火。我过去找她前，断断续续地听到她念诵的祷文。我看到她把头凑近火盆，轻轻地吹着，好让木炭烧起来。她的脚边放着一锅水。当她环顾四周时，我看到烟火熏黑了她的脸庞，呛得她满眼泪水。我问她要买面包的钱，她皱起了眉头，好像不愿有人打扰她照看炉火似的。她把手伸进连衣裙的胸衣里，掏出那条打着结的手帕，里面放着她的钱。放在我手里的硬币带着她的体温，摸起来柔软圆润，没有棱角。

"快去快回。"她说，然后继续生火，没有抬眼看我的脸。我没跟她打招呼就出了家门，但一转身就感到愧疚。

她那时三十出头，但看上去要老一些。她的头发已经灰白，岁月毁了她的脸，在上面刻满了痛苦。她的目光常常带有责备的意味，你稍有不慎就会让她怒目而视。有时，她露出笑容，焕发了生机，但笑得缓慢而不情愿。我对她感到内疚，但我想她也许会微笑着迎接我长大成人。

我穿过房子旁边那条阴暗的小巷。浓重的露水让空气中的灰尘安定了下来，也使路旁棚屋的铁皮屋顶变得光亮了起来。这条路虽然坑坑洼洼，但似乎比两旁的土屋更加平坦和坚固。这里就是肯格①，这里是劳苦者和失败者生活的地方，这里是干瘪的妓女及涂脂抹粉的同性恋接客的地方，这里是酒鬼们喝得烂醉如泥的地方，这里是无名的声音在夜晚的街道上痛苦地嚎叫的地方。一辆空荡荡的巴士呼啸而过，在崎岖的道路上颠簸着。车身绿白相间，车灯在晨曦中发出暗淡的黄光。

天色尚早，李子树周围的空地上一个人也没有。绿色的清真寺里传出祷告的嗡嗡声，虔诚的信徒们聚在一起。远处，一只公鸡啼鸣报晓。广场上参差不齐的岩石尖刺穿了地面，不留神踩到很危险。到了雨季，这里就会变成一片芳草地，但现在正值旱季中期。

肯格[①]离海很近。空气中总是弥漫着海的味道。天气闷热的时候，鼻孔和耳朵上会附上一层盐渍。在风和日丽的早晨，一阵海风吹来，让人在新的一天开始的时候，感到心旷神怡。在过去的岁月里，奴隶贩子们曾经走过这些街道。他们的脚趾被露水弄得冰凉，他们的心因恶毒而变得阴暗，他们带着一队队壮实的奴隶来到这里，像对待牲口一样把他们的战利品赶到海边。

也门店主一句话也没说就把面包递给了我。接过钱之前，他在衬衫上擦了擦手，表现出行乞者般的恭敬。他脸上挂着谄媚的微笑，但嘴里低声咕哝了一声咒骂。

我回到家时，父亲正在祷告。他盘腿蹲坐在后院的地上，眼睛闭着，头低垂在胸前。他双手握拳，放在膝盖上，右手食指指向地面。

---

① 肯格（Kenge），小说中虚构的东非海滨小镇。——全书脚注均为译者注。

我切了面包，然后去叫妹妹们起床。她们睡在祖母的房间里，墙壁上总是弥漫着狐臭和汗味。她干瘪的身体蜷缩在床上，一只胳膊耷拉在床边。大妹扎基雅躺在她身边，已经醒了。小妹赛伊达更难叫醒。我晃了晃她，她翻了个身，背对着我，嘟囔着表示不满。我开始生气了，最后抓住她的肩膀摇了起来。

"嗳！你干吗呢？"祖母被赛伊达的呜咽声惊醒了，厉声说道，"轻点，你是想把我们都杀了吗？轻点！你听不见吗？"

我们管祖母叫比-姆库布瓦①，意思是老太太。她看上去柔弱和善，实则冷酷无情。我转身离开时，还听到她在我身后嘟囔。

"什么也不说。也不跟人打招呼。快给我回来！"——她突然大叫——"你这个小混蛋！把我当什么了？给我回来！"

我站在后门外面，准备向她的尖叫屈服。我听到她哭喊我父亲，嗓门越来越大，像是在遭受痛苦。父亲还蹲在院子里，在我面前祷告。母亲瞥了他一眼，但他对周围的尖叫声充耳不闻。她对着我摇了摇头。又来了。她快步进屋给我拿书，暂时留下我和父亲两个人。她给了我一片面包，外加一便士买杯茶喝。那是我十五岁生日的早晨。

我五岁起开始上古兰经学校，在那里，我得知男孩满十

---

① 比-姆库布瓦（Bi Mkubwa），斯瓦希里语。

五岁时就要对真主负责。女孩则是九岁。与分泌有关。这是真主的谕旨。

"等你十五岁的时候，"父亲告诉我，"这将会是真主和你之间的事。你犯的每一宗罪都会被他的天使记录在册。到了审判日，你所行的善恶将被衡量。如果你遵从真主的教诲，就会升入天堂。如果你犯了罪，就会在地狱中被烧死。你会被烧到只剩下骨头，然后你的肉身会重新长好，再烧一遍，无休无止。万物非主，唯有真主；穆罕默德，真主使者。我们须每日礼拜五次①，斋月期间禁食，每年施天课②，如果真主赐予我们机会，一生中至少要去麦加朝觐一次。③真主把地狱分成七层。最深的那层是留给说谎者和伪君子的，他们心存疑惑却假装虔诚。

"每天，你都要感谢真主，感激自己生下来不是卡菲尔④或野蛮人，有父母教导你神的荣耀和智慧。你是神的忠实信徒，是神的造物。再过几年，你就十五岁了，你将成为一个男子汉。现在就学着遵从他吧，否则你将永远在地狱之火中燃烧。"

十五岁生日的那天早上，我像往常一样坐着那辆巴士去上学。车上都是熟悉的面孔，女生们坐在一起，与男生分开，她们在我们面前变得忸怩不安。我在其中寻找我喜

---

① 穆斯林每天进行五次礼拜，依次为晨礼、晌礼、晡礼、昏礼和宵礼。
② 天课（zakat），穆斯林每年一次的慈善捐款。
③ 以上内容被认为是所有穆斯林都需要遵行的义务，即伊斯兰教的"五功"：念、礼、斋、课、朝。
④ 卡菲尔（kafir），穆斯林对异教徒的蔑称。

欢的那个女孩。她的头发披在肩上，僵直地坐着，使我的欲望变得毫无意义。她旁边的那个女孩看起来更温柔。她们就坐在我前排，我甚至不敢问她们的名字。我想起了那些令我血脉偾张的梦想之夜……早上，我变成了一个男人。

放学回家的路上，我走进粉刷一新的清真寺。里面光线暗淡，地板上铺着花花绿绿的席子，供教众坐在上面。我走进他们中间，在全能的真主那里开立了我的账户。

行人的脚步扬起一团团尘土。树木执拗地怒视着正午的太阳。海水在高温的折磨下翻滚、翻腾、消散、蒸发，化为雾气，凝结在太阳落山后的寒意中。

走近海滨时，我闻到了鱼市的味道。有些渔夫还在那里。他们多数夜里干活，在午祷的召唤声响起时回家睡觉。每天晚上，他们把小船推进水里，然后消失不见。有些人一去就是好几天，然后带着在战斗中击败的一条鲨鱼或剑鱼归来。小时候，我曾经以为那是一种迷人而自由的生活，一种男人的生活。

咸咸的海风吹过我的全身。绕过弯弯曲曲的防波堤，传来了码头的气味，夹杂着蹄子的隆隆声。人们正在把岛上的牛装船，准备运往其他岛屿。由于采采蝇①的叮咬，岛上的牲畜状况不佳。所以，每个月，当地的商人都会把染

---

① 采采蝇（tsetse fly），又称舌蝇，是分布在非洲和阿拉伯半岛的吸血昆虫，能传播人类的昏睡病以及家畜的类似疾病——非洲锥虫病。

病的老博兰牛①装上独桅帆船，带它们出海。

我看见老巴卡里沿着泥泞的海滩朝台阶走去。小时候，巴卡里经常给我讲大海和渔夫的故事。他一直对我很好，有时会给我一块烤木薯或一些鱼，让我带回家。他说大海让他感到害怕，说人们并不真正知道大海是什么样子的。大海像一个怪物，他说。海水很深，非常深，深到难以置信。海底有山脉和平原，还有许多人类遗骸。还有吃人的鲨鱼。有一天……传来了水鸟凄厉的尖叫声。死亡之坑。他的身体就像一团受伤、变形的肌肉。他眯着眼睛看了我一会儿，然后咧嘴笑了。

"你好啊，"他说，"你父母都好吧？"

"你好啊，巴卡里老爹！他们都好。"

"学上得怎么样？功课不错吧？将来你会成为医生的。"他笑着说。

"都挺好的。"

他点头表示赞许。

"感谢真主。快说感谢真主，感谢他赐予我们的这些仁慈。"他说，等着我也感谢真主，"哦，好了，我得回去睡觉了。代我向你父母问好。"他挥了挥手，然后走了。他老了，背驼得像弓一样。

有时巴卡里会发起疯来，打他的老婆和孩子。有一次他

---

① 博兰牛（Boran），原产于埃塞俄比亚南部，原名博兰纳牛（Borana），据称是与印度瘤牛和南美瘤牛完全不同的一种瘤牛。20 世纪 20 年代，肯尼亚的农场主将博兰纳牛培育为现在的博兰牛，该品种被公认为非洲瘤牛中最好的一个肉牛品种，在东非国家中有广泛分布。

放火烧他老婆。他在一个女儿身上摔坏了一把椅子，以至于她现在还在忍受着晕厥的折磨，而且几乎无法正常说话。后来他懊悔不已，把自己关起来，祈求真主的宽恕，恳求真主杀了他，乞求家人原谅他。他担心被送进精神病院，那个进去了就出不来的地方。他们殴打病人，看看他们是真的疯了，还是只是想找个栖身之所的大麻烟民。

巴卡里过去常说，真主是世界上唯一的真理。如果他想给他一个有缺陷的头脑，那是他的事。我们只能做我们认为正确的事情，做我们认为真主想要的事情。

海边的空气有助于缓解我的胸痛。潮水正在退去，渔民们的木船侧身躺在泥里，舷外支架上挂满了水草。阳光照在绿油油、黏糊糊的海滩上，散发出一股恶臭。防波堤外，一艘港警汽艇向港口飞驰而去。一艘轮船驶进来了。

我知道必须得回家了，因为我属于他们。如果我不回去，他们该来找我了。然后他们会打我，疼我，提醒我真主的话。他们会前屋后院地追着打我。谁的话都不听，他以我们为耻，以他的名字为耻。看看这个小骗子。我们到底是造了什么孽呀？

"他从来都不听话。"祖母会这样说，这让父亲大为光火。

"难道他受的罪还少吗？"我母亲会抗议说，像母鸟担心受伤的雏鸟一样，在边上盘旋。最后，她会一脸严肃地退回到自己的房间。这样做有什么好处？还不如待在脏兮兮的海边，远离混乱和屈辱。

远处，那艘轮船驶近了，满载着希腊水手和泰国大米。

他们经常跟我说，我出生时是多么虚弱。哥哥赛义德比我大十八个月。他是以我祖父的名字命名的。祖父有点像个骗子。赛义德出生那天，父亲喝得烂醉，被人发现倒在电影院的停车场。祖母为这个新生儿念祷文，祈求真主保佑他免受他人嫉妒的伤害。

我出生时让母亲遭了不少罪。祖母说应该叫人给我念《古兰经》，祈求真主让我活下来。他们用渗渗泉①的圣水给我洗澡，用印有经文的布包着我。他们说服真主让我活了下来。三年后，扎基雅出生了。赛义德和我都没太在意。妹妹有什么好的？赛义德经常揍我，他是哥哥，说那是为了让我更坚强。赛义德有很多朋友，他六岁的时候就已经跟别的男孩鬼混了。他教我追逐流浪猫，用扭曲的金属电缆打它们。我们闯进有围墙的花园偷水果，诱骗乞丐和疯子。他逼我和其他男孩打架，想让我更强壮。他常常沮丧地把我推到一边，结束一场我眼看就要输掉的战斗。当我伤痕累累地回家时，他就会挨打。下次你要是再惹麻烦，我就揍死你，你这个小混蛋，听见了吗？父亲一边打他，一边说。过了一会儿，祖母就会介入。母亲会把我带到院子里。赛义德则在祖母的房间哭得撕心裂肺。很多个夜晚，父亲都不在家里睡觉。

赛义德从来没有消停过，总是吵架、欺负人、挨打。当母亲泪流满面地试图唤起他善良的天性时，他却哈哈大笑。

---

① 渗渗泉（Zamzam），沙特麦加圣寺内克尔白天房东南侧的一眼清泉，是穆斯林朝觐期间必到之处，里面的泉水被穆斯林视为圣水。

父亲揍他的时候，他总是哭，在屋子里跑来跑去，痛苦地尖叫，在以为父亲看不到时，对我挤眉弄眼。赛义德块头很大。当别人看到我们俩在一起时，他们说等我父亲一死，赛义德就会把我扫地出门。当赛义德得到买糖果的钱时，他会付钱给小男孩们，叫他们在一个僻静的角落里脱掉短裤。他试图说服我加入他。有时他会带个男孩来找我，说那家伙想让我操他。他会急切地哼哼起来……我试着像他那样去感受，但我让他失望了。我用我的钱买糖果，总是分一半给他。

有一次，我们俩因为打了附近的一个男孩而被捕。赛义德把他绑到树上，用藤条抽他。男孩的父亲报了警，警官把我们带到警察局。我喜欢那个警官，因为他让我们去警察局玩手铐。要是他抓到小偷，他准许我们到办公室来看他给总部打电话。他把我们带到警察局后，拿出了一个大本子。

"这上面记了很多名字。"他说，一边用指节敲着本子，"都是些坏人。一旦你的名字出现在这里，你就得上法院。你知道他们在法院里怎样对待小孩子吗？会把他们关进森林里的监狱。"

他指了指我，叫我回家。我毫不犹豫地跑掉了，警官见状笑了起来。赛义德回到家时，只告诉我警官给了我们一个警告。最后，警官所做的只是通知了父亲。赛义德挨了一顿打。我藏到了床底下。

有一天，我在一个垃圾桶里翻东西，找到了一张五先令的钞票。我问赛义德该不该把它交还给垃圾桶的主人。

"别傻了，"他说，"是你找到的。"

"但这样做是不对的，"我说，"这不是我们的东西。"

"谁说的？"他问。

"父亲说的。"

他不屑地哼了一声。

"感觉像是偷来的。"我坚持说。

"你真蠢。"他冷冷地说，语气很伤人。他走开了。我紧抓着那张五先令的钞票追在他后面。我们每人买了两个冰淇淋，还有豆糕、红薯饼干和巧克力。我们坐在公园里（当时叫朱比利公园），在一棵枝繁叶茂、绿荫如盖的大树下野餐。我们买了个塑料足球，回到公园和其他几个孩子一起玩。回家时，我胳膊下夹着足球，赛义德口袋里装着两块巧克力。赛义德说我们可以把球藏在麻袋下面，一两天后再假装发现。拐进后院时，我们周围一个人也没有。赛义德从我手里接过球，跑向空袋子。

"你们在干什么？"父亲站在门口喊道。

他走到麻袋旁，把球拿了出来。他们确信我们去街头乞讨了，甚至更糟。我说钱是我们捡到的，这惹恼了父亲，说我在侮辱他的智商，当他没脑子。赛义德瞪着我，警告我什么也不要说，乖乖挨揍。我告诉他们钱是我们在一个垃圾桶里捡到的。赛义德抬起了眉头。突然间，所有人都陷入了沉默。我不明白为什么我说的话如此惊人。

"啊！"父亲说着转向赛义德，"你是在垃圾桶里捡到了钱！"

我看到父亲越来越生气，眼睛瞪得大大的。赛义德开始抽泣。

"什么垃圾桶？"母亲问道，走到赛义德和父亲之间，"你当时在干吗？幸亏没染上什么病。翻垃圾桶找什么呀？"

她揪着赛义德的衣领，准备把他拉走。父亲走上前去，把她推到一边。赛义德急忙退后，母亲轻轻地呜咽着，眼里噙满了泪水。

"我来告诉你他在垃圾桶里找什么。"父亲说着，朝赛义德走去，"家里找不到的东西，他就去垃圾桶里翻，要是垃圾桶里也找不到，他就去人家的床上找，让人家操他的屁眼。小王八蛋！"

我想说钱是我找到的，不是赛义德……但我太害怕了。赛义德已经停止了抽泣，全神贯注地看着父亲，随时准备逃跑。母亲现在哭出声来了，身体微微抖动，像是在祷告。

"我警告过你。"父亲说着，摆好架势，"我警告过你。你要敢干这事，我就拧断你的脖子！"

赛义德转身就跑，父亲一拳打在他的右肩上，把他打倒在地，声音听起来像斧头砍进肉里。赛义德膝盖弯曲，嘴巴张得大大的，挣扎着呼吸。父亲走上前，在离他大儿子起伏的身体不到几英寸的地方停了下来。他踢他的肚子，当他试图站起来时，又踹了他一脚。他用拳头打他，用头撞他，咬他的手腕，把他打到失禁。

"放开他！"母亲尖叫着，扑向父亲。"你会打死他的！"

他一下把她撞倒了，开始打她，像野兽一样咆哮着。他愤怒地挥动着手臂，母亲倒在了地上。他又转向赛义德，朝他大喊大叫。他带着强烈的怒火和恨意打他，汗水从他的胳膊上流了下来，顺着腿往下流。王八蛋。最后，他又开脚站在赛义德身边，喊道：你挨够了吗？他站在自己的长子身边，喊道：你挨够了吗？

母亲怪我，我知道她怪我。赛义德像个小动物一样哭哭啼啼，瑟瑟发抖。母亲给他洗了澡，为他哭泣，给他唱歌，安抚着哄他入睡。当天晚上，是我发现了他。母亲在他的床边留了一支蜡烛。我进去的时候，他的衬衫着火了，旁边的地板上，一堆衣服和报纸在燃烧。他躺在床上，挣扎着想站起来，无力地捶打着胸口。我喊他的名字，他看向我，眼中充满了恐惧。

"扑灭它！扑灭它！"他喊道。

他拼命尖叫，惊慌失措，使劲拍打着床单，挣扎着想站起来，但没有成功。我跑上前去，又哭又叫，想把火扑灭，却把手烧伤了。

"快点啊！快点！"他尖叫道。

我恳求他把火扑灭。我站在那里看着他被烧着了。他眼睛闭着，倒在地上，表情扭曲而愤怒。我绕着他跑，又跳又叫，傻傻地哭着。他翻了个身，踢到了床，床架便倒在他身上。他烧着了，双腿就像两个火把，从大腿处燃烧起来。他的脸看上去很陌生，有些地方发白。火焰蔓延到他的大腿根部，胸膛也烧了起来。

母亲是第一个赶来的。她在门口停了下来，惊讶地用手捂住了嘴。尖叫声穿透了她的手指，仿佛从她的身体里挣脱了出来。她跑进来，开始用手扑火，用手边能找到的任何东西来灭火。有人提着一桶水跑了进来。我记不清了。赛义德被烧死了。我当时五岁。房间里挤满了人，呼喊着，祈祷着，哀号着。房间里到处都是水，水坑里漂浮着烧焦的报纸碎片。母亲倒在一个人的怀里歇斯底里地哭泣。她转过头指着我，歇斯底里地尖叫着。我没听见她说了什么。

他们为什么怪我？我可从来没有伤害过他。他们都打他。我才五岁。他是我的朋友，我的哥哥。他是我唯一的朋友，也是我唯一的哥哥。他们为什么怪我？

一个人在坟墓前读着什么，先是《古兰经》，然后是逝者在安息之所应如何行事的指示。他告诉赛义德，当天使来询问他时应如何回答。

"他若问你的名字，就说你是赛义德·本·奥马尔，真主的造物……"

因为赛义德做了那些错事，他将长期受苦。因为他操了那么多小屁股，天使们会把烧红的铁链从他的嘴巴穿到肛门。那是真主对他的惩罚。

父亲花钱在当地的清真寺做了一场超度亡灵的诵经会。貌似有数百人前来为赛义德朗读《古兰经》。人们为逝去的亲人诵读祈祷文，吟诵悼词。哈尔瓦点心①由专业的服务团队分发，以防贪吃的人在所有的客人都吃上一份之前把盘子清空。我以前从未有过近亲去世的经历。人们过来和我握

---

① 哈尔瓦（Halwa），一种用粗面粉或胡萝卜加杏仁和豆蔻干籽制成的甜食。

手，分担我们的悲伤。这让我为赛义德感到非常骄傲。

赛义德的魂灵在我们中间停留了好几个月。在这期间，我们不能大声唱歌，也不能经常争吵。父亲的祷告变得越来越长，打人时下手也越来越重。我们不能看电影，也不能参加婚礼或舞会。母亲几乎不和任何人说话。祖母到坦噶①走亲戚去了。父亲经常打我。他让我充满了恐惧，以至于我不敢和他说话。现在，他不在家里睡觉的夜晚越来越多了。

父亲年轻的时候是个惹事精。晚上到家时，他的手杖上沾着血和头发，自己却毫发无损。那时的他是个男子汉，是一个男人应该有的样子。有人说当年的他是条狗，这倒不完全是一种侮辱。他有张照片，是我出生前拍的。照片中他站在以棕榈树和海滩为背景的影棚前，眼睛像是要从脸上跳出来，凶狠傲慢地盯着镜头。他的手杖轻轻地靠在右侧大腿上，左臂靠在一张高高的花几上，看起来像是马上就要爆发出无法控制的怒火。

是母亲给我看的那张照片，我静静地等着她说些什么。可是她把照片收起来，一句话也没说，也没看我一眼。我想问她那双怒火中烧的眼睛是怎么回事。现在这双眼睛因酗酒而放光。我想问她，一直想问她为什么他会那样，他为什么那么不高兴？关于父亲的传言是真的吗？他真的绑架黑人小孩卖给苏尔②的阿拉伯人吗？这都是别人在学校里告诉我的。他真的因为糟蹋了一个小男孩而坐过牢吗？

---

① 坦噶（Tanga），坦桑尼亚东北部港口城市。
② 苏尔（Sur），阿曼东部区的首府，濒临阿曼湾，位于首都马斯喀特东南约150公里。

我无法相信这些事情是真的，但他的愤怒是如此真实，如此激烈和具有毁灭性，以至于似乎他做出多么残忍的事情也不足为奇。他嘴唇很厚，上面布满了裂纹，有时会因天气干热而流血。他看着显高，胳膊粗壮，肌肉发达，留着寸头，夹杂着白发。赛义德长大后应该就是这副样子，父亲则会自豪地看着他。他威吓我，要求我尊重他，服从他，而我从未试图挑战或反对他。我生活在对他的恐惧中，有时一见到他就哭了。他总是热衷于展示自己的残酷。

　　有一次我病了，母亲把我的被褥铺在她身边的地板上，以便夜里照顾我。我为生病感到骄傲，为我在她身边的崇高地位感到骄傲。她常常不让我靠近。哦，母亲关心我，给我做饭，帮我抓虱子，但不让我亲近。我永远忘不了她站在那里，用手指着我，为失去长子而尖叫的样子。但那天晚上，她抚摸着我，让我睡前喝了一种奇怪的、甜甜的液体，说能让我好受点。

　　醒来时，我发现父亲靠在她的床上。门是开着的，走廊上彻夜亮着的防风灯照亮了一部分房间。我看不清他的样子，也希望自己从来没看清过。床在门投下的阴影里。他满身酒气。他不想让我们知道他喝酒了，因为这让他觉着没面子。我看见他握着母亲的手腕轻声细语地说话，这还是我第一次看到他那样抚摸她。突然，他直起身子，然后向前倾身打了她一下。他又开始低语，但这次声音更大了。

　　"你不想让我进来就是因为他！他到底有什么好的？哎哟我的妈呀，你为什么要惹我生气？"

　　母亲试图让他安静下来，我看到她的手伸向他的脸。他推开她的手，向后靠去。

"你为什么一定要让他睡在这里？"他用一种陌生的声音向她恳求着，"你不想让我进来……就为了那个肮脏的小杀人犯。你把我当什么了，你这个哭哭啼啼的臭婊子？"

他一次又一次地打她，粗声粗气地嘟哝着。一次又一次。他挣扎着爬到床上，扯掉了她身上穿的肯加衣裙①。母亲没有挣扎，也没有说话。她不时地呻吟着，似乎是不由自主地。我紧紧地闭上眼睛，听到他的身体在她身上移动的声音。我听见他呻吟，喃喃自语，声音从床上传来，又粗又闷。祖母的房门开了，父亲停顿了一下，抬起头，好像在等她走近，然后轻声笑了。

"过来瞧瞧，我的老太太，"他喊道，"过来看着我弄死她。"

然后他继续，一边喃喃自语，一边和她做爱。过了一会儿，一片寂静。我听到他抽泣，听到他站了起来。透过泪水，我看到他朝我俯身过来。滚出去，他说。我挣扎着爬出了房间。祖母站在外面的走廊里。我向她爬去，因为发烧，感到虚弱无力。她慢慢地转过身，走进自己的房间，随手关上了门。我听见门闩轻轻落下。我蜷缩在祖母的房门外过了一夜。

对他们带我进入的这个世界，我只能感受到恐惧和厌恶。

---

① 肯加（kanga），流行于东非地区的传统服装，通常色彩艳丽，穿着简单，外形像是一块很大的长方形花布。

母亲愈发躲着我了，但我偷偷接近她，等着她。有一些瞬间，当我们的目光偶然相遇时，我瞥见了她的羞愧，我为她感到心碎，但我无法忘记她是如何站在那里用手指着我谴责的。

我看着防波堤外潮水退去，听着海浪在岩石上拍碎的声音。饥饿使我在海边的胡思乱想显得越来越可悲。当真主带着他的地狱、天堂和施刑军团等着我们所有人时，为什么这个世界如此糟糕呢？

我已步入成年，却不知道带着邪恶触碰女人是什么感觉。生命还未开始就谈论死亡。有人告诉我，真主曾经说过自慰是有罪的，会使阴茎萎缩，精子耗尽，以后就没法生小孩了。医生曾问过：你是不是经常手淫？我因为胸口疼去找他。他对我那充满内疚和惊讶的表情很满意。他告诉我他学过心理学，并提议当场给我分析一下。

"这对你不好，"他说，"会耗尽你的力气，让骨骼变脆弱。听，这里面听起来很空洞。我给你开点药，让你母亲给你多吃肉，多喝牛奶。另外，热天散步时打上拿鸵鸟毛做的伞防晒。"

我弄出点血，蘸着写字，和自己做了个约定。但是真主把女孩们造得那么漂亮，让她们的身体散发出浓浓的香味，我还是把持不住。事后我从头到脚洗了一遍。别的男孩干完这事都懒得洗，他们胸口不疼。

我收起书，动身回家。身后的海滩在阳光下晒干，升腾起经年累月的恶臭。过去，拒绝屈从的奴隶来到这片沙滩赴死。他们随着垃圾和枯叶一起漂浮，厌倦了战斗，黑皮肤因年老而皱缩，心已破碎。我可怜的父辈和祖辈，被链子锁在石墙的铁环上。

我避开大路，走在熟悉的街巷里。在房屋间的空地上，我看到一个老人蹲在地上，正专心致志地大便，一边抓挠着蛋蛋上干燥粗糙的皮肤。他转头看了看自己拉出的东西，护身符上的挂绳深深卡进脖子上松弛的褶皱里。看到我后，他咧嘴笑了，用力咻的一声放了一个臭屁，额头在阳光下泛着汗珠。他站起来，痛苦地伸直身子，走到最近的墙边小便。

经过福利局时，我快步跑上台阶，不敢呼吸，怕闻到陈尿的气味。我穿过午后空无一人的大路，拐进了公共浴池旁的小巷。那里有一股浓烈的下水道堵塞和发霉的味道。拐角处，一位老人坐在果蔬店的钱箱上打瞌睡。人行道上躺着腐烂的水果，外皮烂洞，渗出汁液。芒果被轮胎碾过，湿漉漉的印痕四处延伸。

"在这里你只会变成一棵卷心菜。"

老师这样对我说。当时我在帮他登记学校运动会的获奖者，红色卡片是冠军，蓝色是亚军，绿色是季军。为什么是卷心菜？他曾在英国留学，回来后重新发现了真主，并以不同寻常的热情投入他的怀抱。"你有什么打算？离开这里，成就一番事业。去英国怎么样？那里不信仰真主，但有的是机会。你想做什么工作？当医生吗？"

那里会不会很冷？我会在孤独的时光里想象着自己在英国当医生，走在长长的走廊上，穿着白大褂，戴着深色角框眼镜，看上去像格里高利·派克①。找我看病的都是女人，而且都需要口对口人工呼吸。

"要是留在这儿，你能有什么出路呢？"老师问我，"顶多是在银行找份差事，或者当个老师。除非你有什么我不知道的有权势的亲戚。"

"当银行职员倒不是什么不光彩的事，这都是真主的恩赐，但不是国家最需要的。我们需要工程师、医生和大学毕业生。我们要的不是哲学家和作家，而是林业员、科学家和兽医。文化是为有钱人服务的。文化意味着堕落。看看罗马，看看波斯，看看巴格达，看看开罗，除了毁灭，文化给他们带来了什么？"

他教我们英国文学，常常忍不住在课堂上滔滔不绝，讨论对欧洲人傲慢自大的无知所带来的毁灭。"化学、代数、天文学……所有这些都是穆斯林教给落后的欧洲人的东西。但后来穆斯林放弃了沙漠戒律，追求宴会、节日和奢华排场。敌人很快就摧毁了他们，因为敌人野蛮的内心深知文化意味着堕落。所以不用在意这个莎士比亚，很多人说他根本不存在，即便确有其人，也是个东方圣哲，作品被翻译成了英语而已。你知道这些欧洲人是什么样子的。这个简·奥斯汀②，是个英国人，对吧？长着个高傲的大红鼻子和一张

---

① 格里高利·派克（Gregory Peck, 1916—2003），美国男影星，1962年以《杀死一只知更鸟》（*To Kill a Mockingbird*）获得奥斯卡最佳男主角奖。
② 简·奥斯汀（Jane Austen, 1775—1817），英国小说家，主要作品有《傲慢与偏见》《理智与情感》《曼斯菲尔德庄园》《诺桑觉寺》《爱玛》《劝导》等。

小嘴。"

但那时英国人还统治着我们，老师会戏谑地表演自己的焦虑，跑到教室门口偷偷往外看，以防我们的威尔士校长从走廊经过。然后他会回来继续他的长篇大论。我们可怜的老师，当时还不知道，自己已经时日无多。英国人就要走了，复仇的日子正在逼近。

母亲十六岁时嫁给了父亲。外公是卡车司机，还在乌干达金贾①附近的一个小村庄里开了家店。父亲当时二十来岁，是个出了名的捣蛋鬼。祖母以为找个媳妇能治愈他对屁眼的兴趣。一个经常到内地旅行的象牙商的妻子跟祖母说起了这个女孩，说她是个可以与《一千零一夜》中的女主角媲美的姑娘。娶个漂亮、淳朴的乡村女孩做儿媳的想法吸引了祖母。在夸了母亲很多遍之后，在多次意味深长的停顿和低眉互使眼色之后，两个女人开始酝酿她们的计划。

这个想法并没有立刻引起父亲的兴趣。他看不出有什么必要。最后他没有反对，外公也没有提出异议，尽管他知道父亲是个游手好闲的混混。他担心母亲单身太久，可能会去找个乡下黑人做情人。

没有人征求过母亲的意见。她发现自己就这么跟一个英俊的男人订了婚，还挺喜欢他。她是一个胆小无知的乡下姑娘，从内陆到海滨参加自己的婚礼是她第一次离开家乡。

父亲从一开始就对母亲不忠，她对此心知肚明。他回家

① 金贾（Jinja），乌干达第二大城市。

找她时，她能闻出来。起初，母亲哭着认命，把耻辱藏在心里。后来父亲开始打她，因为她沉默不语。祖母跟她说婚姻就是这样，问题总会解决的。

他也打我们，然后母亲只是一脸严肃，不愿在我们面前挑战他。她什么也没做，只是给我们治疗瘀伤和割伤，呜咽着唱歌来安慰我们，温柔地抚摸着我们。她没有教我们去恨他。我们本可以更好地用仇恨武装起来。

我拒绝去清真寺，父亲就打我，说我背叛了造物主。他捡起一只拖鞋，朝我扔过来。

"快点，赶紧过去。宣礼员①已经召唤过了。"他说。

令人困倦的午后，芒果树的树荫下飘荡着他无声的呼唤。我站在门外，听到他为我的任性而哀叹。

"现在的孩子是怎么回事？他才十四岁就厌倦了真主。以前他常常祷告，参加聚礼，研读宗教经典。伊玛目②穆萨跟我说他天生就是个学者。看看他现在这副德行！"

伊玛目穆萨不知道的是，我从十二岁起就开始了频繁的手淫。真主惩罚了我的每一次自慰。最后，我放弃了真主，也不再听那些撒谎的老学究们的话，他们用一个绷紧伸出的食指来强调某一个重点，而用另一个食指寻找一个小男孩的屁眼。我开始踢足球了。

---

① 宣礼员（muadhin），阿拉伯语，音译为穆安津，指从清真寺的宣礼塔发出祈祷号召的人。
② 伊玛目（Imam），阿拉伯语音译，意为"领拜人""表率""率领者"，是伊斯兰教对宗教领袖的尊称，尤指清真寺内率领会众举行拜功的领拜师。

我不清楚父亲是如何知道我站在那里的，但他从房间里走了出来，好像在等着我似的。他盯着我看了一会儿，气得脸色僵硬。我一句话也没说。我坐以待毙：一条荒废的河道，一头正在吃草的野牛，一个粗臂猎人的活靶子。

"滚！"他说，声音低沉而平静，但脸上充满了愤怒，"去清真寺。快去，娘娘腔！"

那是在我成年之前的最后几个月，当时父亲还得承担我的罪孽。我开始后悔没有去清真寺。我能感觉到泪水在我的眼眶里打转，每次与父亲对抗都是这个样子。

"现在就去！"他喊道，朝我走过来。

他走到离我很近的地方，眼睛从脸上凸出来，眉毛上的汗水闪光，嘴张着。他会杀了我的，我想。

"你说什么？"他吼道，好像肺都要气炸了。

"我说不去。"我重复道。

他看上去很惊讶，有点不知所措。我和赛义德都让他很失望。他摇了摇头。这是为了我自己，也是为了赛义德，为了这些年来所有的殴打、羞辱和恐惧。

"我发誓，你要是不去，我会打断你身上的每一根骨头。老天作证，我会杀了你。"他说。他让自己暂时平静下来，抬起头在真主见证下起誓。"赶紧去。"

"我不想去。"我说，慢慢地从他身边移开。

"当你在审判日面见你的主人时……"他说，"愿真主原谅你。"

"我没有主人。"我说。

"以真主的名义……"他说，看上去吓坏了。

"没有什么真主。"我说，胆子大了起来。

他笑了笑，一言不发地盯着我。他把前门闩好，然后朝我走过来。我一动不动地站着。他一下接一下地扇我的耳光，问我真主存不存在。我尽量忍住不哭。我尽量忍住不跑。他越打越生气。我默默地在心里诅咒他、辱骂他，但后来疼痛实在难以忍受，我哭了起来。他失去了所有的克制，打我身上所有够得着的地方。我尖叫着，喊叫着，声音越来越大。真主啊，宽恕我吧，真主啊，你是唯一的神，万物之神。让我看清，让我看清。无父无子的神啊，真主啊，我的主人，可怜可怜我吧，我罪有应得……

"真主是伟大的！"父亲高兴地尖叫着，一边踢着我的肋骨。

祖母告诉我她心里一直有一种预感，我将在家庭的关爱中成长，然后有一天与家人反目成仇。她带着期待和正义的喜悦扭动着身体，告诉我在以后的人生中要遭受的痛苦，告诉我疾病会折磨异教徒的眼睛、肠道和生殖器。你现在敬奉什么？她问我。

母亲要我祈求真主的宽恕，说我不应该读那么多书。她说如果我失去了对真主的信仰，面对充满了危险的世界时我将孤身一人。她让我寻找真主，再次请求他的宽恕。

走在街上时，我感到没那么饿了。于是我转身离开了回家的路，朝河边走去。我走上桥，桥下的小溪汇入河里，我转过身去看着河水流入大海。远处可以看到无线电塔黑色细长的轮廓。没有防波堤遮挡视线，大海一望无际。我注视着海浪涌来时闪烁的光芒，感受着海浪的力量和它们来处的深度。

一个男人从我身边走过，停下来，转身盯着我。我嘟哝了一句。这是个空荡荡的下午。那人回来了，站在我旁边，靠在桥上，凝视着大海。我能感觉到他就在我身边，体型肥硕，知道他想操我的屁股。我飞快地瞥了他一眼，他和我对视了一下，色眯眯地看着我。我从栏杆上抬起身，他也直起身，微笑着，看上去很危险。我尽量不让自己显得紧张。风景不错，他说，为自己小小的胜利微笑着，说话间带着一丝嘲弄，一丝调情，又转回大海的方向。

"非常漂亮。"他说道，然后对我咧嘴一笑。他的牙齿上布满了食物残渣和烟渍，下巴上长满了粉刺，从嘴巴下方一直延伸到喉结上方厚厚的褶皱处。他嘴唇很厚，表面覆盖着一层松弛的死皮。他的头发里夹杂着羊毛、泥土和青草。他粗壮的脖子从衬衫领口挤了出来，衬衫从腋窝往下被染成了绿色。他就是我噩梦中的虐待狂、强奸犯。

"美极了。"他说，让这个词慢慢地从他的唇间滑过，同时眼睛在我身上游移。他用舌头舔着嘴唇，装出一副性感的样子。他等待着，对我微笑。他突然做了个鬼脸，清了清嗓子，往水里吐了一团黄痰，随即迅速咽了口唾沫，以湿润干燥的喉咙。他转过身来看着我，眼里充满算计。我盯着他那张令人厌恶的脸看了一会儿，只见他心满意足地微笑着，等待时机。

"你多大了？"过了一会儿他问道。

"难道我没看见你和我父亲在一起吗？"我问他。

"我什么都没做，"他说，"你想说什么？"

我朝他恐惧的表情笑了笑，准备离开。

"如果你缺钱，尽管开口。"他在我身后喊道。我听到他大笑。我费了好大的劲才没让自己撒腿跑起来。

我已经烦透了反击基佬。在我上学的第一年，班里一个叫阿巴斯的同学每天给我一便士，想利诱我跟他苟合。有一天他要去看牙医，还特意来学校一趟给我送钱。他家里很有钱，班上所有的小流氓都听命于他。在别人眼里我就是他收买的玩物。有时他整个上午都盯着我看，从英语课、算术课到自然课，他知道老师和其他同学都在看着自己会意地窃笑。如果我看向他，他就用舌头慢慢地舔湿嘴唇。我知道有一天他会对我下手，当着其他男生的面羞辱我。我想过要是他这么做，我就带把刀子到学校杀了他。

我很感激他给的钱。到了诱惑的阶段，他每天给我一先令，那时我们都长大了很多，对害怕了许多年的那一刻一笑而过。

人们认为，如果你性格安静又身体虚弱，就有可能会被逼到一个角落里挨操。在我上学的头几年，为了吓退那些对我心怀不轨的人，我经常不惜一战。没必要打赢，我也几乎没赢过。重要的是要表明，无论战斗多不平等，你都会反抗。对许多男孩子来说，这只是一项运动，一种展现男子汉雄风的方式。老师们也对此一笑了之。要是赛义德还在，我本来可以和他打一下的。

我觉得真主在我身上标记了一个污点，他在为赛义德的过错而惩罚我，这种折磨永远不会结束。我从未跟家里的任何人说起过这件事，太丢人了。我觉得如果别人这样对待我，那一定是因为我身上有某种东西让他们这么做。后来，我打赢了一次。

有天放学回家的路上，我碰到了苏德，欺负我的人之一。他跟着我，说他有多么喜欢我，愿意给我多少钱，记得是三先令。我停下来等他。走近时，他淌着口水，一个劲地给我抛飞吻。他走到我面前，用手抚摸着我的脸颊，然后慢慢地一根接一根地亲吻自己的手指。每次亲吻，坐在马路对面茶馆外的几个闲汉都会为他欢呼。苏德微笑着向他们致意。然后我扑向他，用拳头猛击他的脸，把他打倒在地，膝盖抵住他的胯部。我带着狂怒朝他的脸又是一拳。打他的时候，我的拳头伤到了自己，左手指关节流血，但当时不觉得多么痛。他被打得口鼻流血，眼里充满了恐惧，挣扎着从我身下挣脱出来，跑了。

我稍微停了一下，对着茶馆外的那几个瘪三举拳示意，然后就追了上去。我看到苏德的朋友们冲过来救他。我把苏德摔倒在地，在他的朋友们赶来之前，又乘兴打了他好几下。他挣脱开我，爬到一个菜摊下。我一直等到他的朋友们来到我们面前，谅他们也不敢为这个胆小鬼报仇。

从那以后，对我的调戏似乎停止了。甚至有想和我上床的男孩主动来找我。过了一段时间，你开始掂量每一份善意，怀疑你遇到的每一个陌生人。有时一次善意的赞美会让你尖叫着逃离，有时别人的帮助会让你误会。这是保护自己的方式。

我们家隔壁是一家妓院。妓院老板是个老头，和两男两女住在一起。四个人看上去都脏兮兮的，有些吓人，而且总是醉醺醺的。他们是男人花钱满足欲望的对象。很难相信有人能从这些疲惫不堪的身体上找到任何乐趣。

还有桥上碰到的那个人……块头大又无耻，一副堕落的面孔和身躯。我能在他身上看到赛义德的影子，赛义德要是活着的话，也会变成这个样子。

赛义德的葬礼之后，父亲说：真主会让你为他的死付出代价。祖母说我站在那里眼睁睁看着亲哥哥惨死。连手足都相残，她说，还有什么指望呢？母亲叫我别哭了，说已经发生的事情做什么也无法换回。他们让我为一件我从未做过的错事而愧疚多年。然后就有可能把自我憎恨和自责磨练成制造痛苦的工具。蚊虫在夜里冒出来吸我的血，往我的身体里注入废物和罪恶。我以其人之道还治其人之身，以痛还痛，以沉默对沉默。我学会了如何抵抗他们。

有几次，我想跟母亲谈谈，告诉她事情的经过，感受她特有的温柔抚摸。我想告诉她海浪拍打海滩时的狂怒，以及我在桥上听到的悲鸣。我想告诉她我听到了祖辈们的哭泣，感受到让他们眉头皱起的热浪，体会到他们的恶心反胃，闻到他们屁里散发出的玉米面和苦难的味道。

但我能看出自己给母亲造成的痛苦，明白她无法忘记失去的东西。我让她对我说：赛义德是我们的第一个孩子，对我们很宝贵，你却眼睁睁看着他死去……我幻想让她这么对我说。她用空中飞舞的天使、流淌蜂蜜的溪流、空气中轻柔的音乐的故事让我安静下来。母亲还是老样子，总是生活在痛苦中，总是无法给人以安慰，也无法得到安慰，她不知道该怎么做。

"你真让我丢脸。"在我成年的前一周，母亲这样对我说，"你对你父亲的难处一无所知。他告诉我你在街上碰到他，连个招呼都不打。如果你那么恨他，为什么不离开这个家？你饭来张口，却一点都不为他着想。他一天到晚坐在码头为不识字的人填表。你觉得他这么做是为了谁？你就不能多少尊重他一点吗？别再哭了，嘘！多大个人了。怎么变成这个样子了？我们哪里亏欠你了？"

然后我哭了，她把我抱在怀里，轻轻地摇着。我感觉自己弱小无力，被更强大的人捧在手中，就像小时候想要的那样。现在想想就觉得奇怪，我们居然能那样生活，沉浸在怨恨和憎恶之中。

海滩被太阳晒得发白，骨白色的沙子。一些小螃蟹在挖洞，以躲避我的脚步。我追上一只，杀死了它，然后在我回家之前为它举行了一场肃穆的葬礼。

第二章

　　成年期在很大程度上是悄无声息地到来的：没有宰公羊，没有权杖和卷轴，也没有去寻找真主和财富的命令。偶尔会有给我找个老婆的笑话。是父亲开的这些玩笑，母亲则用凶狠的眼神制止了它们。

　　学校里的男生明白自己现在已经是男人了。如果可能的话，我们会拒绝服从过于粗暴的老师。我们都开始认真地谈论未来。独立指日可待，我们谈到了它会给我们带来的机遇。但事实并非如此，我想我们知道这一点，即使我们用团结和种族和睦的愿景来欺骗自己。鉴于我们有阿拉伯人、印度人和欧洲人联合起来虐待和压迫非洲人的历史，期望事情会有所不同是天真幼稚的。即使在肉眼看不出差别的地方，残余的血迹也总是反映在特权的分配上。随着岁月的流逝，我们越来越绝望地忍受着对自由承诺的背叛。

　　独立三年后，显然必须在其他地方寻找未来。毕业前夕的一天下午，我躺在那里等待父亲。我得等他从午睡中醒来，洗漱，换衣服。等他准备好时，天已经很晚了，他看起来很精神，脸上带着一丝志得意满的神色。他站在那里微笑了一会儿，轻声重复着英格兰这个词。我以为他会笑着走开，并在身后抛下一句恰当的谚语。

　　"你在考虑奖学金吗？"他终于问道。

我点了点头。他微笑着摇了摇头。

"你不会拿到的。"他说。

我点了点头。他坐下来，双腿交叉着，背向后靠在椅子上，手托着下巴。

独立后，他在工程部找了一份办公室工作。他把自己重塑为一个受人尊敬、相对杰出的社区成员。他并没有完全抛弃他的老朋友们，只是现在与他们见面很谨慎，次数也少了。他现在穿着讲究，用檀木味香水。不过，他还是嫖妓，有时晚上还会醉醺醺地踉踉跄跄回家。

我们当时坐在客房里——我永远无法将这里与赛义德的死分开——我们的腿几乎要碰在一起。他小心翼翼地拂去袖口上的灰尘，耐心地叹了口气，向我挑起了疑问的眉毛。

"那么……你从哪里能弄到钱呢？"他问，"就算你像魔鬼一样聪明，这个政府也不会给你钱的。他们不会把钱浪费在阿拉伯肤色的人身上。除非你想去古巴学习成为一名自由斗士。或者你想去保加利亚学世界语。你怎么去那儿呢？"

"我到了那儿就能找到工作，"我说，"可以半工半读。"

"我还能把头伸进一桶水里咯咯地笑呢，"他说，"但那又能怎样呢？你不知道这些事情有多难。我问你怎么去那儿？"

他充满期待地看着我，但我什么也没说。我怎么知道我该怎么去那儿呢？我会找到办法的。

他发出不耐烦的啧啧声。"面对这种事情，你必须当个硬汉。"他说。

我温顺地点了点头。他没有一笑置之，也没有指责我抛弃了他们，这让我松了一口气。我应该是还以为他知道后会生气，而我也想平息这种不快。所以我准备认真听取他的任何建议。他对我咧嘴一笑，摇了摇头。灰尘又开始落在他的袖口上。孩子们在外面玩耍的尖叫声从开着的窗户传了进来。热浪从粉刷过的墙壁上一波一波地袭来。

"等一下。"他说。

他迅速起身，走进自己的卧室，回来时拿着一幅很大的非洲地图。他拉起裤子，跪了下来。他调整好姿势，然后将地图摊开在面前。

"这是一张旧地图。"他说，然后瞥了我一眼，好像希望我说些什么。我从脑海中抹去了他在那里看起来很傻的想法，生怕这会在我脸上显现出来。他果断地指向尼扬扎湖①地区。我们将在这里扎营，拂晓时攻击敌人。他勾勒出一条始自坎帕拉②的路线——现在谁会想到去那里呢？——穿过加扎勒河③，顺尼罗河而下。我想象自己坐在埃及艳后克娄巴特拉的游艇上，铜箔和金箔闪闪发光，喷泉和大海兽在赤道的阳光下跳跃。"一路到亚历山大。"他说。

他又回溯了这条路线。亚历山大！伟大征服者的城市！

----

① 尼扬扎湖 (Lake Nyanza)，一般称维多利亚湖 (Lake Victoria)，是非洲最大湖泊，世界第二大淡水湖。位于东非高原，大部分在坦桑尼亚和乌干达境内，是乌干达、坦桑尼亚与肯尼亚三国的界湖。
② 坎帕拉 (Kampala)，乌干达首都。
③ 加扎勒河 (the Bahr el Ghazal)，尼罗河支流。位于南苏丹，全长约716 公里。

还有这里的鲁文佐里①：月亮的双头山脉，隆隆作响的风暴即将来临。这里是阿杜瓦，埃塞俄比亚僧侣在这里摧毁了意大利人的傲慢。②为了避难，设拉子王子③一路来到塔纳湖④附近。就是在这里，他坐下来擦屁股，然后发现了青尼罗河⑤。他一边嘲弄着自己的兴奋，一边大笑。

"好吧，你去吧。"他回到椅子上，叹了口气说，"让他们知道我们还没有全趴下。他们在这个地方对我们做的事……"他身体前倾，把手放在我的大腿上："只有一件事。不要失去对真主的信仰。当你去这些异国他乡时……"

他咧嘴一笑，向后靠去。突然，他咯咯地笑起来，摇了摇头："这是个秘密，"他说，"别告诉你母亲。她会哭的。这件事交给我吧。首先你需要一本护照。我认识移民局的人。他会帮助我们的。"他做了个手势，表示钱会易手。他

---

① 鲁文佐里山脉（Ruwenzori），位于非洲中部，刚果民主共和国和乌干达交界地区。山脉最高峰为斯坦利山的玛格丽塔峰，海拔 5 109 米。

② 阿杜瓦（Adowa），埃塞俄比亚北部城市。1896 年 3 月 1 日的阿杜瓦战役（Battle of Adowa）是第一次意大利—埃塞俄比亚战争的最终之战。在这次战役中，意军伤亡惨重，被彻底打败，从而保证了埃塞俄比亚的独立。

③ 设拉子人（Shirazi）斯瓦希里人的分支，主要分布在东非的桑给巴尔岛和奔巴岛、科摩罗，他们宣称自己的祖先来自波斯的设拉子地区（Shiraz）。据传，975 年，波斯设拉子王子阿里·伊本·哈桑（Ali ibn al-Hassan Shirazi）为躲避战乱，带着六个儿子及族人来到东非沿海地区，逐步建立起以基尔瓦（Kilwa）为首都的桑给帝国。

④ 塔纳湖（Lake Tana），青尼罗河的发源地，也是埃塞俄比亚最大的湖泊。

⑤ 青尼罗河（Blue Nile），发源于埃塞俄比亚塔纳湖，流经苏丹，最终在喀土穆与白尼罗河（White Nile）汇流成尼罗河，全长约 1 460—1 600 公里。

瞥了一眼手表，脸上露出惊讶的表情。

"护照的事就交给我了，"他说，"我现在得走了。这将是一次很棒的旅行。真希望我自己也年轻。"

他掸了掸袖口，又看了一眼手表就走了。他或许让我感到过于乐观了。这成了我们之间的一个小阴谋，我们独处的时候就会谈论它。我的乐观并没有持续多久。我怀疑他是在和我玩游戏，他的热情和试图贿赂官员的故事都是虚构的，是精心设计的骗局。有时他的脸上会掠过一丝被逗乐了的恶意。我不愿相信他会用如此精心设计和残忍的方式逗我玩。在我们第一次谈话几周后的一个下午，他下班回家时怒气冲冲。他没有和任何人说话，但这并不罕见。他不时地吸引我的目光，我知道我在某种程度上是他愤怒的一部分。我离开家，在下午的街道上闲逛，躲着他。

我回到家，发现他在客房里等我。当我正要走过时，他招呼我进去。他又是那个愁眉苦脸、声音粗哑的暴君了。屋子里很热，灰尘从许多角落里冒出来，空气中夹杂着沙砾。

"你上哪儿去了？"他问道，额头上的汗珠冒着愤怒的气泡。我看到他没有像往常一样淋浴和午睡，这使他变得暴怒起来。我默默地等着，希望他会继续说下去，不需要我回答，希望他会发泄出他的委屈和愤怒，然后放我一马。他皱起眉头，等着我的回答。

"到码头去了。"我说。

"我一直在这儿等你，"他突然大声说，"我甚至连澡都没顾上洗，你却一直在码头上玩。你想要这个，你想要那个，但你想让别人来帮你。你不在乎你给别人带来了怎样的羞辱。我费了这么大的劲……而你却在码头上玩。"

他突然站起来，我身子一紧，以为他要打我。他指了指他坐过的椅子，我坐了下来。他在我面前踱来踱去，不时转过身来瞪着我。我受够了，我想。我现在是个男人了。

"没有人照顾我，"他突然说，"我没有父亲。你知道吗？但是你……你希望我去求这些人，遭受这一切……屈辱。你又在乎什么呢？你竟然跑到码头去玩。"

他站在窗前，一只手抓住一根栏杆。"我今天和移民局的人谈过了。"他说，声音更柔和了，目光从我身上移开，"他告诉我有一项新法律。他说我不能申请护照，因为我坐过牢。你知道我坐过牢吗？"

他的脸色没有变，这个问题是随口提出来的。他清了清嗓子，我看着他吞下了一口被勾上来的痰。我曾想象过他站在裁缝店的垃圾场的黑暗中，腐烂的水果的气味被山羊的粪便和尿液弄得发酸，小男孩在他脚下呜咽。我想象着他对那破碎的躯体幸灾乐祸：你吃够了吗？

"最好由我来告诉你到底发生了什么，"他皱着眉头说，"我没有犯罪……但人们永远不会忘记。"

这孩子现在衣衫褴褛地走在街上，神志不清。小孩子们嘲弄他，把他的裤子扯下来开玩笑，把芒果核和木薯块塞进他的肛门里。他在我脸上搜寻，寻找迹象，寻找同情。

"他们指控我袭击了一个八岁的男孩，"他咬牙切齿地说，"一个睡在大街上的傻孩子。"他等着我，但我没有做出任何表示。我知道我是在拒绝他的申诉，但当时我太年轻，不明白这样做的代价。他走回窗前，在那里站了一会儿。

"我是无辜的。"他说，睁大了眼睛，用恳求的目光看着我，"他们只是想找个替罪羊。你明白吗？"

我点了点头。他叹了口气。

"三个月后他们让我出来了，"他说，"这就证明了这一点，不是吗？后来我们就来到这里，与小偷和妓女一起生活在这片肮脏的土地上。这些人不会忘记的。"

他瞥了一眼手表，然后朝窗外望去，低头看了看街道。"我必须得洗个澡了。"他叹了口气说，"你母亲……她对我是个极大的安慰。她很漂亮。她真的很漂亮。"他轻声重复道，"你知道我娶她的时候，她和你现在差不多大吗？"

他点点头，嘴里嘟囔着什么，我没听见。他靠在墙上，望着窗外，好长时间一句话也没说。一阵暖风吹进了房间：来自陆地的微风迅速拂过，给我们满是灰尘的小屋带来了宽慰。暮色渐浓。他转过身来，我看到他在微笑。

"她对我是个极大的安慰。"他说。

一辆汽车停在外面，鸣了两声喇叭，车上的收音机发出刺耳的响声。他向窗外望去，朝司机招了招手。"我得换衣服了。去跟他说等我几分钟。"他告诉我。

她是很漂亮，但他把她变成了一个以痛苦为生的生物。赛义德，你这个受伤的小混蛋，你知道她是他最大的安慰吗？现在他找到了他能找到的安慰。我不相信他说的话，我担心事情的真相已经无关紧要了。自从我认识他以来，他每晚都在嫖妓和酗酒，而我们都表现得好像不知道他出门后去了哪里。我们照常吃饭和生活，就像没有人缺席一样。当他凌晨回到家时，磕磕绊绊地撞在门上，大声辱骂，殴打母亲，我们都装作睡着了。有时我想我应该做些什么来阻止他。我是家里的老大，个头只比他矮几英寸。也许我们都像他想的那样没种，但我害怕让母亲蒙羞。就连小赛伊达也知道她应该怎么做。没人教过我们这么做。我们这样做是为了让母亲免于羞耻，我们知道她感到羞耻，我们也和她一样感到羞耻。白天，没有人谈起夜里的事情。就像这些事从未发生过一样。我们对他的酗酒和暴虐只字不提。他很少会在她身上显眼的地方留下瘀伤——即便如此，我们所做的也只是避免去看它。白天，我们的父亲是一个愤怒的主人，他的话具有真主认可的权威。我想我们对他的恐惧，以及假装的尊重，只会让他更讨厌我们。

我在想，如果他发现扎基雅怀孕了，他会怎么做。他的荣誉感会要求他施加某种惩罚。说起来，这是一个父亲和兄长的职责所在。事实上，他们都瞒着父亲。祖母带她离开了几天，说是去朋友那里小住。扎基雅回来时已经改过自新，至少有一段时间是这样的。

扎基雅早熟。很小的时候，她就放弃了做家务的角色，而这是女孩惯常的角色。九岁时，她就开始显露出青春少女的身形。然后，她被迫穿上了布依布依①，形似端庄的黑色裹尸布，还被禁止在街上玩耍。祖母开始谈论原子弹和天上的人。她开始谈论给扎基雅找婆家的事，扎基雅当着她的面

---

① 布依布依（buibui），穆斯林妇女穿戴的黑长袍和只露出脸或眼睛的披巾。

嘲笑她，当祖母试图因为她对自己的不敬而抽她时，扎基雅跑开了。这一切都不足以抑制她那显而易见、咄咄逼人的魅力，她找到了逃避祖母和母亲——她的监督者——关注的方法。她想参加学校的戏剧表演，但祖母不允许。她想骑自行车，但被拒绝了。她被告知应该先学会做饭。十二岁时，她辍学了，因为她没能获得公立中学的入学资格，而父亲觉得花钱送她上私立学校意义不大。有时她借我的书看。记得她读《罗密欧与朱丽叶》时哭了。

　　直到后来，在她怀孕被发现并迅速处理好后，扎基雅才告诉我她的情人是谁。那家伙是她母校的老师，一个来自农村的男孩，这是他的第一份工作。他那时和我差不多大。扎基雅说她不知道他后来怎么样了，也不敢问。她让我帮她查清楚。我现在想，她当时没有想到我会试图拿棍子打他，或者告发他，以此来抗议她遭受的耻辱。我给她问了，得知那小子已经申请调到乡下去了。

　　他们瞒着我父亲，但对扎基雅来说，她好像失去了所有的自尊。现在，她已经十六岁了，带着一种比她大得多的人的愤世嫉俗，身边的男人换了一个又一个，抛弃了一切谨慎。当我对她的行为最初的震惊减轻后，我开始看到她从她所做的事情中获得的乐趣。在大街上，她恬不知耻地卖弄着自己的美貌，并为她招来的赞赏颇感自豪。在安静的时刻，她也知道自由的后果。我试着想办法跟她说话，但还有什么是她不知道的呢？她的行为对一个女人来说几乎就是自我毁灭？她疯狂的愤怒最终会让她遭到拒绝和虐待？她对我的尝试置之不理，微笑着，脸上洋溢着征服的喜悦和获得新力量的快意。她的未来已经规划好了。迟早，当日子足够艰难的时候，她会成为别人的情妇，如果运气好的话。

母亲恳求她痛改前非。有几天晚上，我躺在后院的席子上复习准备考试，我听到她们在院子的另一边，蜷缩在防风灯的灯光下窃窃私语。母亲会在痛苦中开始哭泣，最后扎基雅也会跟着哭起来。我想过去和她们在一起，但又怕她们拒绝我的安慰。扎基雅成了我们不愿提及的另一个话题。

她们尽力对我隐瞒这一切，因为这不是男人应该掺和的事情。她们害怕我试图表现出的任何感情，因为这让我显得软弱和可疑。有一次我当着祖母的面抚摸扎基雅的头发时，我看到她眼中闪过怀疑的目光。

我和父亲之间的护照阴谋以我们下午的谈话告终。没有更多意味深长的表情，也没有更多关于移民官员的悄声传闻。我提交了护照的官方申请，知道得到护照的机会渺茫。无论如何，考试迫在眉睫，超越了其他一切焦虑。下午我在学校复习功课，然后在跑道上跑得精疲力竭。人们对这套严格的作息制度感到满意。时间被分配给一个狭隘的目的。我没有细想我们的努力会是徒劳的，我们的考试结果甚至很可能不会公布，因为政府担心我们可能会决定到别处去寻找更好的发展机会。在学校里，应试的学生趾高气扬，被老师宠着，被低年级的学生敬畏。我们复习的时候，低年级的学生会监督我们，他们会给我们的勤奋制造神话，就像我们对之前的学生所做的那样。

我在傍晚时分回到家，家里经常空无一人。母亲和祖母通常在下午去串门，或者参加一个没完没了的妇女活动。小妹赛伊达有时会和她们一起去，但更多的时候会和其他孩子在空地上玩耍。我会坐在后院的席子上看书，或者倚靠在热乎乎的墙上，筋疲力尽，昏昏欲睡。当我处于这种状态时，祖母喜欢蹑手蹑脚地走到我身边，说些迷人的、鼓舞人心的话。你会失败的。

随着岁月的流逝，她的残忍变得滑稽可笑。没人再注意到她了，她在屋子里蹑手蹑脚地走来走去，眼观六路，耳听八方，警惕着任何不尊重她的举动。他们会把你送进疯人院的，她喜欢这么说。对此，我以前不敢笑，觉得笑出来太残忍了。有时她会对我指手画脚一番，然后回到自己的房间，闩门前先把门砰的一声撞在门框上。然而，每次她参加活动回来，都会给我带一块蛋糕或糖果。喂牲口用的，她总是说，一边笑，一边因肺病而紧张地喘息着。

这些活动和拜访对我母亲来说很重要。这是父亲的新工作给我们带来的体面的一部分。现在她为自己穿什么衣服发愁了，至少出门的时候是这样。此外，还有扎基雅在那儿推波助澜。哎呀，别让我丢人现眼了，丫头，她会说，但现在她喷了香水，涂了眼影。她带着从挨家挨户上门推销的小贩那里买来的一捆捆府绸、塔夫绸和真丝去找裁缝做衣服。到了晚上，她又会换上她的破衣烂衫，在院子里为我们准备晚饭。漫长的一天结束后，她在院子里的席子上做了晚祷，然后打了个盹，精疲力竭。就在那时，我听到她在睡梦中呻吟，而我躺在几英尺远的地方，在油灯的灯光下看书。

大约过了一个小时，她醒了，我们聊了一会儿。她会故意问我一些关于学校的引导性问题，意图显而易见，但我还是忍不住炫耀我学到的知识。有时我说着说着她就打起瞌睡来，我毫不留情地把她晃醒，因为我还没讲完实验室制造氯气的过程。我知道我必须和她谈谈离开的事，但到了开口的时候，我总是被怯懦所折磨。我一直等着她下午不出门的那个晚上，这样她就不会那么疲惫和心事重重了。

一天晚上放学回来，我在后院找到了她。她蹲在地上生火。我蹲在她旁边。似乎时机不对。离开这里到其他地方寻求更好生活的想法开始显得像一种不负责任的抱负，而且无论如何也不太可能实现。她瞥了一眼天空，然后忙着看锅。

"你觉得会下雨吗？"她终于问道。

天空已经阴沉了好几天，白天的湿气令人无法忍受。我们已经经历了一场干燥的风暴，风把尘土吹成愤怒的魔鬼，疯狂地向四面八方飞奔。

"不会下雨，"我说，"还得过几天。"

她又看了一眼天空，然后看着我。

"今晚会下雨，"她说，"你懂什么？这些灰尘和热浪已经陪伴我们很久了。现在是雨季。在乡下，人们这时候会祈雨的。会下雨的，这种事情我知道。"她说，声音里带着一丝嘲弄。

"你在煮什么？"我问她。

她忍耐着，慢慢地眨着眼睛。又是香蕉。那段时间有那么艰难吗？那时，她已经对收支平衡，对用牛肚和沙丁鱼制作美味佳肴失去了兴趣。有些晚上，她给我们每人几便士，让我们去茶馆买些面包和豆子吃。她对我们提出的任何抱怨都报以无声的、内疚的怨恨。晚上她自己很少吃东西，但如果父亲在家，她总会做些吃的。我想我对面包和豆子并不像对香蕉那么介意，我想我也没有因为她不肯给我们做饭而责怪她。然而，有时候，当黏糊糊的香蕉泥隆隆地穿过肠道时，我在想，不把钱花在买衣服、香水和酒上是不是更好。

"你饿了吗？"她问道，"你总是饿。"

她把那串青香蕉拉向自己，开始掰香蕉。她停了一下，把香蕉皮上的什么东西清理掉了，好像这很重要似的。她的头低着，微微向一边倾斜。我很抱歉让她对食物感到内疚。

"我喜欢吃香蕉。"我说。

她抬起头笑了。撒谎！

"你今晚祈祷了吗？"她问道，转换了话题，"我想你应该没有时间。这些日子你太忙了，没有时间来陪伴真主。"她又看了看天空，叹了口气。"他们过去常常为祈雨而献祭。村里的老人把米或面粉，有时是动物，带到悬崖上的神庙里。晚上你能听到神灵的声音。我和我弟弟小时候也是这么想的。有时我们听到他们在村子里走来走去，身后拖着篮子来装祭品。我弟弟想让我们去神庙过夜，试试能不能看见他们。我告诉他我们会被戳瞎的。我父亲说那只是野蛮的习俗。"

"雨求来了吗？"我问。

"嗯？"她问道，远远地看着我，"今晚要下雨。看看天空。"

她用一根锋利的棍子给香蕉剥皮，然后把它们扔进脚边的一锅水里。每次她把香蕉扔进去，溅起的水花就会弄湿她的脚。她似乎没有注意到。

"你听说过本·赛义德吗？"她问。

我的决心在减弱，我很想放弃谈话，到街上去逛逛。她看上去那么脆弱，那么悲伤，我不愿谈论离别，这会让她更加痛苦。这就是我对自己懦弱的解释。

"他今天杀了他的狗。他开车碾过了它，它就像番茄一样爆裂。我看到了，我当时在场。它爬起来，拖着身子走了……"

我起身准备离开。她抬起头笑了。"你总是心软。"她笑着说。

"他会怎么样？"我问，准备离开。

"他们会把他关进监狱的，"她冷笑着说，"他们家的人就像畜生一样。瞧瞧他们生出来的那些混蛋。"

有传言说，本·赛义德多年来一直追求我母亲，给她写信——她不识字——她把这些信转给了我父亲。本·赛义德出身高贵。他是布赛德家族的后裔，那个家族在革命前是桑给巴尔的统治者，直到今天还是阿曼的苏丹。他是最初的奴隶监工的孙子，是个有名望的人。在他年轻的时候，他曾在街头制造恐怖，殖民当局对此视而不见，不想破坏他们与他强大家族的关系。他甚至杀过一个人，一个英国水手。当局对此也是睁一只眼闭一只眼。但时代变了，本·赛义德开始和他的杜松子酒瓶长时间交谈，并从窗户探出身子对路人大声辱骂。他对户外的突袭总是以某种无缘无故的傲慢行为告终。新的当局仍然纵容他。他们以为他疯了，只把他关在疯人院过夜，让他冷静下来。

"我就出去一会儿。"我说。

我沿着房子旁边的小巷走着。开妓院的老头儿就在窗边，坐在栏杆后面，望着外面漆黑的巷子。他经常这样，开着百叶窗坐着，盯着我们家的墙。他的窗户和我祖母房间的窗户斜对着。他的守夜激怒了我祖母，使她心烦意乱。他有时烧香，经常播放吹奏风笛的唱片。

当我还是个孩子的时候，他总是宠着我，把我抱在怀里，抚摸我的脸颊。我母亲太怕他了，不敢表达她的恐惧。她警告我离他远点，说他是个下流的人，要我发誓不把她说的话告诉他。最后，她告诉了我父亲那个老人对我的喜爱。父亲先是对我大喊大叫，骂我是小婊子。他对你做了什么？跟我说实话！然后，他找到老人，威胁说要阉了他或祈祷真主来惩罚他。他回来时又气又羞，因为老人没有保持沉默，嫖客们也来帮他说话。从那以后，老人再也没跟我说过话，我也尽量避开那条小巷。

当我走过窗户时，老人像往常一样窃笑起来。有一次，我从他身边走过，回过头去看他，看到他脸上露出厌恶的表情，从此我再也不敢这样做了。我梦见那双恶狠狠、泪汪汪的眼睛从阴暗潮湿的小巷里凝视着。

李子树下的空地上，煤油灯噼啪作响，人们在为晚上做准备。在其中一盏灯下，没完没了的纸牌游戏还在继续。空地的边缘散落着卖烤肉串的小贩和卖花生糖果的小贩的手推车。阿杜斯餐馆的收音机里播放着各种各样的歌曲和对亲朋好友无尽的祝福。赛伊达突然从阴影中跑出来，抓住了我的手。

"你要去哪里？"她问，一边高兴地对我做着孩子气的鬼脸。我没有回答，而是试着理了理她两鬓伸出来的两缕头发。她把我的手甩开，又跑回到那群孩子中间。那时她已经快十岁了，正是应该躲避男人目光的年龄。她的孩子气使她摆脱了那种命运。她是我们当中最幸运的。她总是能够从家里的混乱中抽身而出，而且总是带着一种与周围发生的事情无关的满足。母亲说她爱做梦，经常因为她的心不在焉而感到沮丧。赛伊达会因此很受伤，有一两天会记得帮着洗衣服。她会把校服叠好，把书收起来，主动给别人沏茶。但这只会持续很短的一段时间，然后她就会恢复到粗心大意的自己，太专注于内心的喜悦而无暇顾及这样做好不好。

夜幕很快降临了。影子在路上伸展开来。街灯闪烁着微弱的光芒，点缀着穿过小镇的道路。煤油灯从带护栏的窗户里射出方形的光。我经过的那些影子移动着，闪烁着，凝视着。在苍白的灯光下，世界似乎是海床上一片由碎石和巨石组成的平原——而不是真实的世界。当我走过空荡荡的车库院子和锁着的仓库时，我仿佛是在一堆被大军遗弃的营火旁漫步……他们只是在去往其他地方的半路上，随意而又方便地选了这处地方作宿营地。我突然看见一个半裸的女孩的身影，渐渐消失在傍晚的阴影中。她快步走着，头优雅地摇晃着，脚步是那么坚定。

我从对面重新进入空地，入口就在阿杜斯餐馆旁边。空地沐浴在灯光下。入口上方的指示牌上爬满了昆虫，它们疯狂地嗡嗡叫着，想去触碰路灯。餐馆外面，一个男人站在一张铝制桌面的桌子后面做印度薄饼。餐馆的拐角处是一条又长又窄的小巷，顾客们都去那里小便。小巷的尽头是我们人民进步党的党支部。门口的上方用黑色油漆写着"现在就自由"几个字。这是在斗争最激烈的时候写的，字体很不雅致。现在字已褪色，是这样的口号尚有意义的时代的遗留物。

办公室里挤满了玩纸牌和跳棋的人。在里面的办公室，党支部的主席正在主持会议，他一边用一个小杯子喝着咖啡，一边听着周围人热烈的奉承。他是新人中的一员。他代表我们出席了权贵会议。我们已经学会了不选择自己中的一个来做这些事情，不选那些几个世纪以来，无视一切可见的证据，坚称自己为阿拉伯人的人。独立教会了我们足够多的暴力仇恨，就像这个国家的其他地方对我们曾经是其中一部分的历史感到的那样。几个世纪以来，我们大摇大摆地通婚，戏弄我们同父异母的兄弟姐妹，而那些我们自称是其中一员的人，他们知道我们，否认并鄙视我们，认为我们是精力充沛而又粗野的儿子的私生子。因此，现在我们选择了一个说话不像我们的主席，而且他宽宏大量，不经常发表反对我们的言论。如果有人病得很重，他是唯一能说服医院派救护车来的人。他只需要低声说几句话，就能使一个警察打消过分的热情。他可以为那些看起来考试不及格的学生，或者似乎肯定会被吊销执照的商人，说上一句一锤定音的话。于是他接受了礼遇，懒洋洋地接受了敬意。他办公室的墙上贴满了标语和党内要人的照片。其中有一张我们领导人的大照片，他胖得令人尴尬，眼睛里满是恶意和酒气，站在英国女王旁边。

在摆脱英国人统治的斗争中，情况有所不同。那时，我们沉浸在我们的团结中，对过去的错误说着宽容的话，自我原谅我们历史上的恐怖篇章——自我欺骗而已。我们兴高采烈地涌上街头，为自由的到来欢呼雀跃。在通往独立的日子里，我们因爱国的喜悦而发狂。我记得有一个人在街上吹着萨克斯，所有的孩子都跟着他在镇上转悠，唱着他的曲子：《为雄鸡投票》。有学校火炬游行、运动会、体育比赛……整个国家都在游行。这是我们前所未见的。独立前看守政府组建的新防暴警察正在为游行进行排练。渔民们正在清洗和油漆他们的船，为划船比赛做准备。残疾人工人正在为化装游行制作花车。邻居们正在为他们的狂欢活动做最后的修饰。童子军们外出露营，完善他们将要展示的技能，练习他们的战斗口号：卡利巴，卡利巴，哇哈！在学校，我们被要求写一篇文章，题为：《独立对我意味着什么》。大狂欢！

现在我们自由了。我们的领导人站在英国女王旁边，一点也不丢脸。他肚大肠肥，里面塞满了权力的烂果子：腐败、堕落和淫秽。他受到防暴警察的保护，他们现在已经发展成一支拥有坦克和机关枪的军队，而且只有一个敌人。士兵们在进屋之前不再需要敲门了。

我在电影院门口停下来看剧照。《窈窕淑女》①已经连

① 《窈窕淑女》（*My Fair Lady*，1964），华纳兄弟影业出品的歌舞片，由乔治·库克（George Cukor）执导，奥黛丽·赫本（Audrey Hepburn）、雷克斯·哈里森（Rex Harrison）、杰瑞米·布雷特（Jeremy Brett）等主演，曾获得包括最佳影片奖在内的奥斯卡八项大奖以及金球奖最佳导演奖、最佳男主角奖等二十余项大奖。该片改编自爱尔兰剧作家萧伯纳（George Bernard Shaw，1856—1950）的剧作《卖花女》（*Pygmalion*，1912），讲述了下层阶级的卖花女被中产阶层语言学教授改造成优雅贵妇的故事。

映第三周了，场场爆满。为了看得更清楚，我后退了一步，结果撞到了站在我身后的一个男人。我转过身去看，道歉的话蹦到了我的嘴边。我说不出话来。那人平静地看着我。我咕哝了几句就走开了，对自己的恐惧感到惊讶。我转过身去看，那人还站在那里，看着我离开。

我听到宣礼员在召唤人们去祈祷。出于交流的需要，我也跟着去了。我在水箱边洗漱，向水泥槽里瞥了一眼，看看磨损的牙刷是否还在那里。水从我手上急流而下，流入黏糊糊的排水沟。厕所在盥洗室的一头，一个男人在里面剧烈地咳嗽，盖过了他沐浴的声音。

我出于习惯说了该说的话，但仍然惊诧于自己所感受到的净化。清真寺里有一种平静的气氛，让人心生感慨，觉得所有的痛苦都可以在这里得到安息。会众低声祈祷，发出轻轻的嗡嗡声。这时，靠近前门的一个人站了起来，走到面向麦加方向的壁龛旁。他在空中举起双手，念了经文，带领我们祈祷。最后我们都和身边的人握了握手。我从队伍里的座位上挪开，坐在清真寺的后面，享受着昏暗的气氛和会众对先知有节奏的赞歌。

我走到基萨街路口，不知道该继续走还是回家。这时，一个男人从一所房子里走出来。他仔细打量着我，然后笑了，好像认出了我。他是个矮个子，胖乎乎的，和蔼可亲，裤子垂在肚子上。

"你迷路了吗？"他问。

"不，"我说，"我正在回家的路上。"

"那就别在街上闲逛了。"他说，和蔼的声音背后隐藏着一丝不安，"你不害怕吗？你疯了吗？"

当我往回走，经过阿杜斯餐馆时，老板本人正站在门边的桌子旁。最忙的时候，朱玛·阿杜斯在厨房里工作，很晚的时候再出来数钱。他以吝啬著称，而他的外表只会增强这种印象。他很瘦，总是穿得破破烂烂。他的手被一片片粗糙紧绷、奇丑无比的粉红色皮肤弄得惨不忍睹。他的顾客没完没了地猜测他藏在什么地方的宝藏。

餐馆外的长凳上挤满了听新闻广播的人。他们当中有认真研究国际时事的学生。在这个夜晚的仪式上，他们从家里出来，聚到这里收听晚间新闻。他们默默地喝着咖啡，交换着眼色，新闻播音员的话中透露出了阴谋。新闻简报结束后，他们展开了关于事态真相的讨论。很快，争论的焦点变成了他们真正关心的为数不多的事情之一：阿以战争。

大家一致认为以色列并没有凭一己之力赢得六日战争①，这是毋庸置疑的。一个人声称他知道阿道夫·希特勒是以色列的领导人，侯赛因国王②把作战计划卖给了他。人们普遍认为埃及人在西奈半岛获胜。他们让以色列人陷入了夹击，一步一步地诱敌深入，然后砰地关上门消灭了他们。随着阿拉伯人的胜利近在咫尺，美国人介入了。承诺帮助阿拉伯人的俄国人什么也没做。他们没有向美国投下原子弹，而是在联合国发表了演讲。这个话题众说纷纭，有些立场非常鲜明，但总的来说，盛行的观点是，正是这些炸弹让小女

---

① 六日战争（Six-Day War），指 1967 年 6 月 5 日至 10 日的第三次中东战争。
② 时任约旦国王。

孩长出了丰满的胸部。

回来时我发现母亲躺在院子里的席子上。灯光使她的面部轮廓变得柔和起来，骨骼变得丰满起来。当我走近时，我的动作惊动了她，她突然醒了。

"没事儿，"我说，在她身边蹲了下来，"没事儿……但你最好还是到屋里去吧。我想终于要下雨了。"

她慢慢地坐起来，痛苦地做着鬼脸。她揉了一下压在下面的肩膀，试图忍住哈欠，但没有成功。当她张大嘴巴喘气时，灯光在她的脸上投下难看的阴影。我坐在她身后，揉着她的肩膀，就像她教我的那样用手掌按压。她摇了摇肩膀，示意我停下。当我坐到她对面时，她笑了。"你上哪儿去了？"她问，"你应该复习准备考试。你连晚饭都还没吃呢。"

"肉吃着还好吧？你说有点难闻。"

"如果你买便宜的肉，你总能闻到你省下的钱的味道。问问你父亲吧，不要问我。"

"我跟他谈过离开的事，"我说，"考试之后……"

她等我说完，然后点了点头。

"我得考虑一下，"我说，"他告诉了我他坐牢的事……他们为什么把他关进去。"

她惊恐地发出嘶嘶声，将手指放在嘴唇上。"别那么大声！"

"他当时多大？"我低声问道。

她好一会儿没有回答。她抬起头，眼里充满了内疚和恐惧。"那不是他的错。他们只是想找个人来顶罪。他不会那么做的。你一定要相信我。"

她看着我，好像她委屈了我似的。"好的。"我安慰她说。"你本可以成为他更好的儿子，"她说，"你本可以给他更多的帮助。"

这种指责让我很痛苦。我想起了赛义德的葬礼，以及父亲如何含泪指责我害死了赛义德。有人把我抱起来，把我带走，亲切地对我说话，让我为我的父亲感到羞耻。谁能想到要怪他害死了自己的长子呢？

"也许吧，"我说，"但也许我什么也帮不了他。"

"别这么说。"她低头说。

"他是从那时开始酗酒的吗？他从监狱里出来的时候？"

"你不知道发生了什么事，"她最后说，"他们对他做的那些事……他出来的时候就像变了一个人。那时你和赛义德都还小。打那以后他就开始喝酒。这不是他的错。他们伤害了他。我是说他们打了他。他们伤了他的心。"

"他出去找女人……他还打你。"

她闭上眼睛，然后叹了口气。她弯下身来调灯，低下头对着灯光，脸上好像泛着金属般坚硬的光泽。

"你想让你父亲变成个怪物，是吗？难道你不明白吗？他发现事情很难。这一切对他来说太难接受了……坐牢和赛义德的事。"

"他现在还是打你。"我说。

"你想让我怎么着？"她叫嚷着说，"你为什么这样？"

她瞪了我一会儿。她叹了口气，然后笑了。"现在逞英雄。你不应该在意我说的话。我感谢真主赐予我你这样的儿子。别理我这个老婆子了。"

"你还不老。"

"我觉得自己老了。"她说。

"是白头发的问题，"我说，"回头我给你买些染发膏，让你看看你有多年轻。"

"你敢，"她笑着说，"别人还以为我外面有男人了呢。"她挣扎着站了起来，嘟囔着，抱怨着那些在街上游荡到深夜的孩子们，好像他们没有家似的。我不喜欢那些孩子的声音，但我没有理会。她走进储藏食物的小棚子，拿出带着香蕉残渣的锅。

"这些人太吵了。"她说。醉酒狂欢的声音从老人的妓院里传来。有人在风笛的音乐声中歇斯底里地大笑。我点了点头，忙着吃那团黏糊糊的香蕉。她看着我硬着头皮吃了一会儿，越来越惊讶地看着我。"喝杯水，别噎着。"她说。

我走到水龙头前，手弯成杯状放在下面，把水捧进嘴里。我感到胃里那块沉甸甸的东西越陷越深。我尽职尽责地回到锅边。突然一阵强风吹起，灯灭了。我感觉到她在抬头看。

"今晚要下雨。"她说。

"是的。"我说。

"真主保佑。"

我吃不下去了，她就把锅从我手里拿走了。她往里面倒了些水，让它浸泡一夜。"那你打算怎么办？"她回来后问。

"我想上学……但问题是没钱。"黑暗中突然传来一声尖叫,一只狗匆匆穿过院子,消失在阴影中。"也许我应该试着找份工作。"

"我想我们能弄到钱,"她说,"如果你知道你想做什么。"

是的,妈咪。我朝她笑了笑,决心容忍她那种母性的乐观。有志者事竟成之类的废话。她猜到了我的想法,咧嘴一笑,有那么一会儿,她看上去真的很高兴。

"你舅舅艾哈迈德,我的亲弟弟,在内罗毕,"她说,"我们去找他。他现在是个有钱人了。你是他的亲人。他必须得帮你。"

"真有意思。你在开玩笑。"虽然我并没有期望她能想出什么惊人的主意,但我还是很失望,她能想到的只有艾哈迈德舅舅。

"谁在开玩笑?"她笑着问,"他欠我钱。你外公去世后,你艾哈迈德舅舅卖掉了商店和生意,钱都归他了。他跟我说,我要是用钱,可以去找他。他抢了我的钱来发财,所以现在我们要把它拿回来。"

"那你打算怎么把钱拿回来?偷吗?"

"我们可以要回来的。"她说,仍然笑着,"好吧,反正我们可以试试。你怎么了?这是一个机会。"

"妈,这是个什么样的机会?他甚至都不知道你的存在。他不给你写信,连个口信都没有。"

"这是个机会。"她固执地重复着,"你必须得去内罗毕找他。我会让你父亲给他写信解释的。他不好对付，我是说你父亲，但他会写的。然后你去内罗毕……"

"然后艾哈迈德舅舅会发现我的魅力让人无法抗拒。"

她大笑起来。"他会喜欢你的。我知道艾哈迈德……他喜欢别人直视着他，告诉他想要什么。"

"我来是为了要回我母亲的钱。"我提议道。

她拍了拍我的膝盖。"去睡吧。我明天和你父亲谈谈。你得努力复习功课，通过考试。每天晚上你都不着家，我问你去哪了，你就说去散步了。总有一天你会把一个怀孕的姑娘带回家的。"

好吧，妈咪……我是只羚羊。在黑暗中，我感觉到她又在席子上躺了下来，等着父亲回来。

我睡在走廊的席子上。白天，那捆木棉布被塞进食品柜下面的空隙里。到了晚上，我把它拉出来，连同一块当铺盖用的破布一起，躺在上面。我转过身来，想借着走廊里电灯的光看书。房子里有三个房间都通了电，但我们只允许用光线微弱的灯泡，除非有客人来。

我周围到处都是破败的迹象。地板坑坑洼洼，混凝土也坏了。粉刷过的墙壁上沾满了油渍。食品柜里到处是蟑螂，晚上它们就出来觅食，随意在屋子里和院子里游荡。它们尖利的爪子抓在脸上的感觉把我从噩梦中惊醒。多年来，我一直生活在这个肮脏的地方，但现在，即使是做一件最简单的事情，也很难不提心吊胆。我不得不鼓起勇气，这才进了浴室，地板上到处都是绿色的黏液。食品储藏室的墙壁上布满了黑木耳的孢子，肮脏的旧蜘蛛网在天花板的横梁上拖着。

扎基雅对肮脏深恶痛绝，但当母亲邀她一起动手打理时，她却总是拒绝。我们没有人对此采取任何措施。

每天晚上蚊子都来。它们带着绝对的残忍，直奔耳朵上娇嫩的皮肤而来。尽管我睡觉时用床单蒙着头，但还是无法摆脱它们正用长长的嘴刺穿床单吸我血的感觉。

考试前的最后几天充满了对失败的焦虑和对艾哈迈德舅舅慷慨解囊的梦想。学生中已经有伤亡，其中的一些人会因为学习太努力或服用了太多的兴奋剂来保持清醒而载入史册。考试前夕，我睡不着。我能听到母亲在院子里的声音。父亲仍然在外面过夜。

有那么一刻，我以为自己还在做梦，但肩膀上挨的那几下足够真实。把自己从清晰的梦境拖到笼罩着我的困惑中，是一个缓慢的过程。

"快出去看看。"母亲低声说。

我跟着她出去，预料到跟我父亲有关。路灯在院子里散射出一片亮光，虽然照亮不了什么，却足以驱散漆黑的夜色。一个男人在黑暗中咳嗽，我心里一阵恐慌。母亲正摸索着找灯。最后，她划燃了一根火柴，火焰照亮了她蜷缩的身体和她周围的空间。

"谁在那儿？"我问。我试图从我的声音中消除任何盘问的意味，因为我确信是父亲隐现在阴影中。我得到的唯一回答是长时间的傻笑。

"到亮的地方来。"母亲对那人说，声音颤抖着。

那人叹了口气，但没有动弹。当母亲把灯移近他时，我看到那是哈米斯，父亲的一个朋友。他倚靠在屋角上，一只脚在院子里，另一只脚在巷子里。他努力想把自己从墙上撑开，但叹了口气放弃了。"你必须去一趟。"他说。

他闭上眼睛，似乎不想细说。我回去拿衣服，匆匆忙忙地穿了一半就出去了。哈米斯躺在地上，头被屋角挡住了。

"他说父亲在哪里了吗？"我问母亲。

她耸了耸肩，指着哈米斯。问他。他眼睛闭着，但脸上露出满意的微笑。他身材瘦小，把他拖起来很容易。他的反应软弱无力，我理解了在你面对一个处于这种状态下的人时，你会多想揍他一顿。他身上有一股腐烂的、被遗弃的味道。他认出了我，高兴地咆哮起来。他在我面前摇晃着，眼睛又闭上了。

"他在哪里？"我问道。

他摇了摇头，好像听不懂我的话。"他在惹麻烦。"他挣扎着说。他说话的声音听起来好像嘴里塞满了东西。"他想打架。他会挨揍的。他喝醉了。"

他厌恶地说了最后一个字，然后咯咯地笑了起来，拍了拍自己的前额，为这一切的荒谬感到羞愧。他又摇了摇头，哭了起来。母亲把我推到一边，扇了哈米斯一耳光。我把她推开了。哈米斯现在哭得像个孩子。

"他在哪里？"我又问了他一次。我搂着他的肩膀，防止他呜咽时剧烈地摇晃。

"在苏德酒吧。"他哭着说，声音小得像个孩子。

"我最好去一趟。"我对母亲说。她气得脸都硬了。她似乎在等我说些什么，幸灾乐祸或是抱怨。

"你知道现在几点了吗？你明天还有考试呢。"

"是的，我知道，但我得去。"

当我去把哈米斯从墙边扶起来时，他呻吟了一声，推开了我的手。看到母亲手里拿着一根凹凸不平的木柴，他吓得赶紧站了起来。他摇摇晃晃地走在我前面，一边嘟囔，一边吐着唾沫。我把他留在了空地上。当他意识到我在说什么时，他松了一口气，滑倒在地上。我真想搜身看看他有没有钱。我听说过在睡着的醉汉口袋里发现鼓鼓囊囊的钱包的故事。哈米斯毫无征兆地大声放了个屁。就在他竭力要再表演一次时，我匆匆离开了。

那是一个漆黑的夜晚。到处空空荡荡的，让人毛骨悚然。空气中有一丝潮湿和一股腥味。雨开始下了，但只是断断续续、试探性地下着。真正的雨随时都会到来。我来到海边，沿着古老的鹅卵石人行道一直走到码头。海水的嘶嘶声淹没了我可怕的脚步声。海关警卫在船坞大门附近闲逛。我以为他们会阻止我，但他们茫然地盯着我，没有管我。一条小路沿着码头周围的铁丝栅栏延伸。我经过成堆的麻袋和板条箱。我们小时候在这里玩过，建造藏身之所和洞穴。

小路从栅栏处岔开，通向那些仓库，它们现在静静地矗立在空旷的夜色中。仓库的后面是芒果树围成的洞穴。在二者之间的空地上，有一幢低矮的老房子，周围是从别处运过来的垃圾。这就是苏德酒吧，肮脏且声名狼藉，但被法律所容忍，因为它吸引了那些已经被生活击败的人。

两个人懒洋洋地躺在台阶上。看到我走过来，他们都动了起来。当我走近时，我看到他们又放松下来，脸上挂着微笑。我在离台阶还有一段距离的地方停了下来。其中一个穿着露脐无袖衬衫的男人走上前来。另一个男人看起来更老一些。他靠在墙上，一边将着他那斑驳的胡子。他们俩看上去都是彪悍而令人生厌的人，一辈子过着吃了上顿没下顿的日子，头发都花白了。那个走过来的男人歪着头，用下巴指着我。

"我是来找我父亲的，"我谦卑地说，"我想他在里面。"

他们都笑了。我想这听起来很幼稚。年长些的男人动作很快，咔嗒咔嗒地走下台阶。我后退了几步，双腿绷紧准备逃跑，心怦怦直跳。他突然停了下来，我意识到自己举起了双拳。他看了看我的拳头，笑了笑，朝它们挥了挥手。

"在我把你的小弟弟扯下来塞你嘴里之前，你他妈的给我滚回家，"他说，"快点，趁我还没改变主意。该死的猪！滚开！"

我慢慢放下双臂，好像在为这种宽大的做法是否明智进行内心的辩论。年轻一点的男人笑了，然后招呼他的朋友。我的四肢一阵颤抖。那人生气地辱骂他的同伴，骂他是吃屎的蠢货和食人的生番。"他是来接他父亲的，"他说，"你不知道那意味着什么，因为你从来没有过孩子。别碰那孩子。"现在在我眼里，他似乎是个善良的人，一个高尚的野蛮人。"里面没人，"他对我说，"他可能就在那边，在垃圾堆那里。现在赶紧滚开，明白吗？"

他点了一下头，眨了眨眼。我试图在旧汽车座椅和破损的床架中间找到一个人形。虽然有足够的光线可以看过去，但阴影让人视物不清。我发现父亲躺在一张带箱体的长沙发上，里面的填充物已经被拆掉了。

　　一开始我以为他受伤了。他的腿叉开成奇怪的角度。沙发扶手遮住了他脸上的光线。我试探性地碰了碰他的胳膊，但他一动不动。他还穿着那件夹克衫，手杖靠在沙发上，好像是有人小心翼翼地放在那里的。我试图把他摇醒。来操我的屁股，他喊着，四肢一阵乱舞。我倾身向前，狠狠地扇了他一巴掌，我知道我在他毫无知觉的身体上施加的痛苦使我感到一阵残忍的快感。我又打了他一下，为这给我带来的快乐感到羞愧。他呻吟着。

　　"快起来，"我喊道，"该回家了。"

　　我使劲摇晃他。他又是一阵乱舞，这次在我的胸口打了一拳。然后他认出了我。他挣扎着坐了起来，似乎想掩饰自己的醉态。他呻吟着向后靠去，带着嘲弄的表情对我微笑。"你看我现在怎么样。"他慢吞吞地说。

　　我身后传来一阵响动，我转过身，看见一个人从侧卧的铁桶里爬出来。他身上有股尿味。"我是个硬汉。"他四肢着地爬行着喃喃自语道。

　　"我干过他的屁股很多次。"父亲用手杖指着那人说，"他倒在街上，小孩子们都操他。"

　　那人慢慢地瘫倒在地上。父亲俯身朝他啐了一口唾沫。这似乎无关紧要。那人窃笑着翻了个身，突然看起来很脆弱。父亲感觉到了这一点，挣扎着站了起来，改变了手杖的握法。我用一只胳膊搂住他，使他免受那个人的伤害。接触到他的身体令人恶心，他浑身软弱无力，松松垮垮。他把我们引向那个现在似乎睡着了的人。突然，父亲以意想不到的力量向前倾身，挥出手杖打在那个人的背上。我放开了他。他挣扎着恢复了平衡，突然吸了一口气，然后吐了出来。

我等他吐完，等他呻吟着擦了擦身上的污秽，直到他似乎又要睡着的时候，我才去叫他。我花了很长时间才说服他离开，我们走得很慢。当我们走过空地时，天开始下雨了。起初只有几滴，沉重而分散，轻轻地落在皮肤上，发出一声闷响。这是大雨的前奏。我可以从雨滴的大小来判断。雨越下越大，把尘土溅到我们脚上。很快，它就猛烈地敲打着我们的头，为它的狂暴兴奋不已。我们跌跌撞撞地走向一个仓库躲雨。一大片水包围着我们狭窄的掩体，从没有排水沟的屋顶上倾泻而下。我能听到父亲在我身边喘着粗气。

"在乡下，这会儿人们会跳舞庆祝的，"我告诉他，"假如你感兴趣……或关心的话。"

"去他妈的。"他咕哝道。

我在黑暗中摸索着找他，摸到了他的胳膊。我猛地一拉，就出发了。他没有提出异议，跟着我走了。一团一团的水砸在肉上，生疼，我感觉到他的手臂从我的手中滑了出去。我伸手四下挥舞了一圈，但我把他弄丢了。愚蠢的家伙。我考试会不及格的。前面是海关大门，大门两边的灯光向地面投射出巨大的折射光束。我大声喊他，希望他能在隆隆的水声中听到我的呼喊。爸，你在哪儿？爸！一阵歌声回应了我，或者那可能是一声快乐的尖叫。我朝着光亮跑去，希望自己不会撞到荒地上一具生锈的骨架。我及时看见了铁丝网，伸开双臂刹住了狂奔。从我身后传来一声喊叫，我大声喊出自己在哪里。当我看到他的时候，他咧嘴笑着，张开双臂拥抱我们周围的瓢泼大雨。我伸手抓住他的肩膀，把他拉向我。他蜷缩在我身边，低声背诵着《古兰经》中的语句。

现在小路很滑，我们必须小心翼翼。最后我们走到了一条碎石路，折射的光束在前面很远的地方为我们照亮了道路。父亲被雨滴划过光束的景象吸引住了。我开始慢跑，想鼓励他跟着我跑，但他叫我慢下来。"雨是不会伤害你的。"他喊道。我走在他的前面，预料着他的每一个动作，还得经常回去劝他快点。雨让他的头脑稍微清醒了一点，他不再像我们出发时那样摇晃和跌倒了。他又转过身去看那束灯光，向后走去。他轻轻地倒了下去，好像小心翼翼地让自己倒在床上一样。他躺在水坑里，拍手大笑。

"很久以前。"他唱道，声音低沉而沙哑，就像一位古代的阿拉伯酋长在诵经。"当我还是个婴儿的时候。在海上航行，寻找宝藏。我们的船触礁沉没，我们游到了索科特拉岛①。那里的国王俘虏了我们……"

"你还没有到什么地方去沉没呢。"我说着，向他弯下腰，伸出一只胳膊。

他看了我一会儿，仍然咧着嘴笑，眨着眼睛，让眼里的雨水流出来。"很久以前。"他说着，挥舞着一根雄辩的手指，"我是一位正人君子。你可知道发生了什么？"

"咱们回家吧，"我说，"快点，老头。我明天还有考试呢。"

"他们知道你的事。"他平静地说，"我已经告诉大家你

---

① 索科特拉岛（Socotra），印度洋西部一群岛，属也门索科特拉省。

要逃跑了。"他抓住我的胳膊，我把他拉起来。"你这个卑鄙的叛徒！"他朝我尖叫道。我们默默地沿着海滨走着，中间只停了一次让他去小便。快到家时，他停下脚步，靠在我的胳膊上。

"这里是最适合你的地方，"他低声说，"我告诉大家你要逃跑了。他们会把你关进监狱的，你个该死的叛徒。我们配不上你，谁都看得出来。他们会把你关进监狱的。"

"没关系。"我说，意思是当局知道我想离开。我已经申请了护照。

"我亲爱的儿子，我勇敢的年轻天才。"他用尖细的声音嘲讽道，"你什么都不怕。多好的儿子啊！他恨他的父母、他的人民和他的真主……"我能看到他脸上的恨意。雨水从他的头发上滴下来。我们来到了李子树下的空地上。雨势开始减弱了。他放开了我的胳膊，走了，信步穿过空地。他在老人的妓院前停了下来，对着它狠狠地呸了一声。他等我赶上来，然后让我过去。他用手杖戳了戳我的后背，一次，两次。我让他先进了巷子。我听见他一边滑倒一边咒骂。我跨过他半俯卧的身体，拐进了后院。

我还在外面就开始脱衣服了。他从拐角处出现了，他的影子在黑暗中若隐若现，摇摆不定。母亲出现在门口，把一盏灯举过头顶。她先看了看我，眼睛在我湿透的半裸身体上扫视了一遍。我对她的打量笑了笑，这似乎让她安心了，因为她点点头，把灯转向我父亲。他闭着眼睛，衣服上沾满了泥巴。她把灯放在门边，走了进去。他踉踉跄跄地跟在她后面，强忍着不笑出声来。

第三章

考试那几天就这么过去了。我们都将其视为多年苦难的高潮，不仅因为我们认识到考试是通向我们所期待的任何未来的门槛，还因为我们每个人都希望通过考试来表明自己的价值。所有的一切都把我们引诱到这种荒谬的境地。我们是当时的英雄，面对生活和智力的考验，与一个无理性的敌人搏斗，这个敌人总是千方百计地伏击和欺骗我们。每场考试结束后，我们都像从战场上回来的游击队员一样，一起从考场出发，在大街上游荡，炫耀自己是考官诡计的幸存者。我们在路边成立了自命不凡的讨论组：答案应该是钟乳石还是石笋？没有人嘲笑我们，尽管我们的老师假装对我们的热烈感到好笑。我们都知道之前那些成功的人所能得到的奖赏。

那时，我们对这些东西的敬畏已经成了一种习惯。甚至在考试结束之前，就有传言说考试结果永远不会公布。政府担心成功的学生会想离开，而现在已经有这么多人离开了，教师和文员严重短缺。有传言称，结果只会公布给那些完成两年兵役的人。在考试的阵痛中，我对这些事情的兴趣浓厚而超然。它们是独立带来的阴谋、政治和复仇那令人陶醉的气氛的一部分。

直到考试的宽慰退坡之后，几周的等待变成了几个月，我们得不到的那样东西的意义才变得清晰起来。起初，为数不多的学生被召至政府部门，提供薪水较低的文书工作。还有一些人被召集到教育部，提供无薪助教工作，只给生活费以及承诺考试成绩出来后提供国外奖学金。我们其余的人被建议去参军。我去移民局询问我的护照。这是一种打发时间的方式。我加入了队伍，拖着脚步走了几个小时才到柜台，那里的官员不需要看档案就会告诉我，结果还没出来。

在漫长的几个月等待中，父亲经常和我交谈。那天晚上跟他一起回家，似乎减轻了他伪装的负担。他给我舅舅写了一封信，这是一通向这位大人物发出的长长的哀怨。他在寄出之前读给我听，让我注意到这个或那个小妙招。他用夸张的语气读着，以声音和手势赋予它纸上所缺乏的力量。他提醒艾哈迈德舅舅，他曾向我母亲，你亲爱的姐姐，承诺过，如果她需要她那份商店的钱，她随时都可以拿到。现在她的儿子已经准备好为家族争光了，所以请他把钱拿出来好吗？署名是你的姐夫。

将近四个月过去了，我们才收到回信。那段时间，在父亲面前提及这封信是个危险的举动。这只会激起他的怒火。我们收到了一封含糊其辞但彬彬有礼的回信，邀请我去内罗毕度假。这对父亲来说已经足够了。他不再诅咒艾哈迈德舅舅是一个罪孽深重的吝啬鬼，也不再祈祷真主让这个小偷染上疥疮。他以为事情已经解决了。钱差不多快到手了。你别指望他说，好，我会把钱给你的。这样不礼貌。这就足够了。他建议我们出去庆祝一下。

有时他会拿我们一起回家的那个晚上开玩笑，低声告诉我他醉得有多厉害，虽然我没有注意到。他告诉我，那天晚上他很累，因为他整晚都在做一些顽皮的事情，年轻人不需要他细说也应该能明白是怎么一回事。我笑了，正如他所期待的那样。

我现在被家里人讽刺地称为那个要去内罗毕的人。母亲从上门推销的人那里买了件奇怪的东西，因为她认为去内罗毕的路上会有用，或者艾哈迈德舅舅会喜欢这样一件礼物。没人提到护照的事。艾哈迈德舅舅把假期定在六月，也就是收到他的回信两个月后。我每天都去移民局，排了一整天的队，得到的答复都是一样的。

一天晚上，当我开始对这次旅行感到绝望时，扎基雅把我叫到外面。她走到院子里公用水管后面的阴影里，在那里等我。

"我可以找人说说情，"她说，"关于护照……如果你想让我这么做的话。"我看不见她的脸，但听出了她声音里的羞愧。我没有意识到事情已经到了这样的地步。跳到我嘴边的问题是谁？但我还是忍住没问。

"不，没关系。他们早晚会给我的。我会一直去那里，直到他们给我………"

她咯咯地笑了，但那是一种悲伤、自怜的声音。"你有时太天真了，"她说，"我本不该费心问你的。"

"扎基雅……"

"不，别开口，"她厉声说，"你甚至不知道你在说些什么。反正我会去见那个人……我想我会替你去求他的。但如果你不希望我去的话……"

我们默默地站了很久。我不知道该对她说些什么。我想她是在等待诱惑对我起作用，而我在努力想办法不让我的拒绝伤害她。我绝不会接受一个已经在糟蹋我妹妹的畜生的恩惠。

"我只是想帮忙。"她最后说。

我听见她哽咽着，努力不让自己哭出来。她刚满十七岁。她大步朝房子里走去。我叫她，但她不理我。

现在日子过得很慢。雨来了又去，旱季又回来了。到处都是杂草和灌木，它们急于在太阳把它们化为灰烬之前完成自己的使命。

开妓院的老人买了一只公山羊。他把它拴在我们两家之间的小巷里，很少喂它。它被饥饿和苍蝇弄得精神错乱，对它的地界里任何移动的东西都发起攻击。它把长绳子够得着的地方的所有杂草都消灭了，这些植物多年来一直顽强地附着在墙上。有时，在极度的绝望中，它会大口大口地吃土。

这只山羊在我们家占据了重要位置。母亲怀疑山羊买来是不是为了增加妓院狂欢的多样性。他坐在那里，看着它挨饿。养着它干吗呢？不可能是养来吃的。祖母把别的事都放在一边，醒着的时间都用来观察这个令人讨厌的动物。她坐在窗边，试图用她的意志击退山羊的凝视。山羊对父亲产生了一种本能的厌恶，惹得他对它破口大骂。有时他手拿菜刀朝黑暗的小巷里大步走去，对着山羊威胁地挥舞着，低声咒骂着。山羊会疯狂地试图挣断绳子，以便向他发起攻击。

老人对这一切非常满意。他坐在窗边，望着外面的小巷，饶有兴趣地看着那只咩咩叫的愤怒的山羊。祖母开始收集自己的尿液，并将其储存在床下的桶中。每天一次，她提着桶到小巷里，把刺鼻的液体泼向山羊。有时她会换个花样，用厚纸袋装满尿液，然后扔向山羊。

饥饿和迫害都没有减弱山羊的凶残。不管是谁发了疯，胆敢走过这条尿味十足的巷子，它就会攻击他。父亲是最后一个放弃的，他觉得这事关男人的自尊。在他失败的那一刻，他说他看见老人手脚并用，跪在山羊的两腿之间。你在那儿干嘛呢，你这个老色鬼？挤奶吗？附近的孩子们开始感兴趣了。父亲成了一个被人嘲笑的人物，赛伊达也因此受到了一些嘲笑，她躲在家里不出去。扎基雅远离这一切，沉浸在她的激情之中，她滥交的名声现在给了她一种魅力。她不屑于与一只山羊结怨。孩子们尽可能地给山羊带来食物，并在它黑暗的神殿里坐上几个小时，看着它。祖母的衰老进程大大加快，她把对山羊的恶意转移到了孩子们身上。等他们坐好了，她就冲出去，用一桶烈尿把他们驱散。

再也不可能对父亲隐瞒扎基雅的活动了。他现在从不跟她说话，也不看她一眼。我们担心有一天他会失去控制，狂怒地揍她。她好像疯了似的，让人难以接近。自从我拒绝了她的帮助，她就躲着我。母亲一张嘴说她，她就毫不留情地让她闭嘴。她似乎害怕停下来，便投身于与那些声名狼藉的男人的肮脏而公开的恋情之中。她敬畏地、难以置信地看着我们家与山羊的恩怨。

我感到百无聊赖。我厌倦了每天去移民局的旅程。我厌倦了读同样的书，走同样的路。可怕的斋月即将来临，每天都有饥饿和缓慢的白昼。当它来临的时候，整个城镇都陷入了昏昏欲睡的状态，商店关门，人们尽可能地睡上一整天，用遗忘来对抗饥饿。夜幕降临，生活带着一种放纵和狂热重新开始。我们吃了一整天都在梦寐以求的食物。人们在街上游荡，寻找刺激，一直呆到凌晨。孩子们没完没了地玩着捉迷藏或警察捉强盗游戏。这是长谈的时间，可以持续到深夜；这是无休止的纸牌游戏的时间；这是求爱的时间。白天的饥饿感使这段时间痛苦不堪。真主本想用斋月的严苛来教导我们自律，但事与愿违，我们白天脾气暴躁，晚上自我克制后又过度放纵。

斋月的头几天，我没有去移民局，因为我的身体需要习惯不吃东西。当我走到柜台前时，那个办事员见我又来了，微笑着摇了摇头。

"我要见移民官。"我说。不等他回答，我就掀开挡板，大步向前走去。办事员没有阻止我。他靠在柜台上，看着我穿过办公桌，走向办公室。我清楚地知道它在哪里，我无数次地看到那个人进进出出。我敲了敲门，走了进去。他的名字叫奥马尔·辛戈。他曾经是一位著名的足球运动员，现在他因放荡而更为人所知。我没有开场白，甚至没有看他一眼，就开始愤怒地抱怨起来。有一两次他试图阻止我：你是谁？到柜台外面去。你以为你在哪里？我把他推到一边，如果他当时试图把我扔出去，我一定是会拿什么东西打他的。当我盯着他那张沾沾自喜、憔悴不堪的脸时，我开始确信，他就是扎基雅提供帮助时想要找的那个人。

"请坐。"他最后说，脸上带着失败的微笑。

"我不要座位。我要我的护照。我每天都来这里……"

"我知道，我知道。"他说，举起一只手让我安静下来，"告诉我你的名字，我去拿你的档案。"

我告诉他名字的时候，看着他的脸。他草草写下来就走了。当他回来时，他微笑着。"我认识你的家人，"他说，"你父亲最近好吗？家里其他人都好吧？"他当着我的面签了字，让我出去的时候把文件交还给办事员。最后他忍不住洋洋得意。"代我向大家问好，"他说，"还有你的妹妹们。"

又过了三个星期，护照才在开斋节前夕准备好。为了过节，老人把他的山羊宰了，还给母亲送过来一条羊腿。当大家用歌声庆祝斋月的结束和新年的到来时，我翻阅着我的新护照，重新燃起了希望。在这欢天喜地的一天里，扎基雅忘乎所以地让她的一个情人开车送她回家。父亲在家招待一位来自坦噶的远房亲戚，吃了点哈尔瓦点心，喝了点咖啡。客人告辞，父亲把他送到汽车站，然后急匆匆地回到家里，气得要死。母亲在门口迎接他，肩负起直面他的怒火的重担。我站在附近，决定如果他试图打她们娘俩中的任何一个，我一定会阻止他。扎基雅坐在祖母的房间里，眼睛里充满了绝望和冷漠，看起来比任何泪水和尖叫都更像是自暴自弃的样子。在走廊里，父亲以真主的名义庄严地起誓，所有人都应该见证这一行动：如果他的孩子扎基雅不改邪归正，他将——向安拉发誓——把她扔到街上自生自灭。

母亲对他尖叫着，恳求他收回誓言，问他知不知道通过这个誓言，他已经把自己的女儿变成了街头妓女。父亲看着她，他的愤怒现在变成了泪水。我们已经尽力了，他说。

前往内罗毕的旅程似乎近在咫尺了。母亲试图给我提供尽可能多的关于艾哈迈德舅舅的信息。她给我介绍了这趟旅程。她认为自己是这方面的专家，因为她曾经走过这条路。这就足够了，因为家里没有第二个人从海岸向内陆走了超过三十英里。她有一些令人震惊的故事要讲。她告诉我坐火车旅行的不适，以及火车司机的饮酒习惯。她告诉我，内罗毕的每个街角都潜伏着劫匪和扒手。她教我如何与舅舅打招呼，以及穿什么衣服适应那里寒冷的气候。

祖母一边看着，一边听着，带着掩饰不住的不满。有时，她无法抑制自己对我大惊小怪的愤怒，就会问我考试考得怎么样。这是她嘲笑我们高兴过早的疯狂方式。没有了山羊，她的日子变得空虚了。

母亲毫不怀疑艾哈迈德舅舅会提供资助。我告诉她，她在商店里的份额不足以支付旅行的费用，只有在我能打动艾哈迈德舅舅的善意时，我才能从他那里得到足够的钱。她对我的谨慎置若罔闻。她最终说服了我。现在看来，我允许自己被说服似乎很愚蠢，但我们的幻想的累积效应已经让我们所有人相信，我们是不可能错的。

当月通过了一项新法律，正式确定了已经存在的做法，即根据人口中的种族分布，按配额分配工作和学校名额。为了实现这一点，所有公民都要在新成立的人口部门登记他们的种族。他们将获得一张身份证，上面写着姓名、年龄、地址和种族。如果不按要求出示这张证件，将会被立即逮捕。

恐慌在一个民族中蔓延开来，因为他们的种族已经成为一种精神状态，而不是任何可识别的特征。拒绝回答有关种族的问题曾经是对英国人的一种蔑视，是对团结和国家地位的一种肯定。但是现在，拒绝回答这个问题是违法的。去登记办理身份证的时候，我报了个假名。这是一种徒劳的反抗行为，但我们当时还没有意识到政府在处理多种族社区问题时的坚定态度。事实证明，我这种小小的破坏行为有可能给我带来巨大的困难。没有身份证，什么公务都办不了。一想到我持假证带来的危险，许多安静的时刻就被破坏了。

前往内罗毕前的最后一个星期天，我被迫使用了这张证件。作为政府贫民窟清理计划的一部分，每个星期天，镇上所有的人都要义务为新公寓楼建设工作一天。我们已经用这种方法成功建成了新的党总部。第一个星期天，数百人出现了——他们太害怕了，不敢不去，还记得青年团用暴力把人们从家里、咖啡馆和电影院里赶出来。那回是建党总部，国家的首要任务。公寓楼建设显然没有那么紧迫。第一个星期天以及随后的几个星期天的混乱，让人们得以在没有被注意的情况下翘班。最后，党被迫派出干部去铲除家里的寄生虫，把他们赶出去为国家工作。

在我离开前的最后一个星期天，党的激进分子进行了挨家挨户搜查。他们特意不区分年龄和健康状况。老太太、小孩、疲惫的男人和哺乳期的母亲都得参加义务劳动。他们大摇大摆地挨家挨户砰砰地敲门，对开门的人大喊大叫，推搡和殴打市民，敦促他们树立民族精神。他们还借机核实了身份证。他们到达时，我们已经穿好衣服准备出发了。我父亲坚持说，在他们把我们赶出去之前，我们不要动。我开了门，门口站着三个人。他们很快地朝我身后看了看——出去。干活去。——其中一个人把我推到一边，进了屋，似乎扯着嗓子喊着。我想都没想就抓住了他脏兮兮的衣领，把他拉了回来。当他和我平齐时，我推了推他的胸口，把他推得更远。

三人一起动了起来。他们往后退了一步，态度从理直气壮变成了小心谨慎。他们又脏又壮，看上去就像任何需要做这种工作的地方都能找到的那种人。他们是一群乐观的无赖，会抢劫老太太以缓解尊严受损的精神病。其中的一个人让我想起了在苏德酒吧看到的那个无袖男人。父亲用力把我推到一边。

"他只是个孩子，只是个孩子！"他向他们恳求道。

我想是祖母把我拉进屋里去的。那三个人很生气，对我父亲大喊大叫。他一边摇头，一边咕哝着道歉。我被叫出去面对那三个人。被我拉出来的那个衣衫褴褛的人，现在正准备瞄准目标打几拳来发泄他的愤怒。他甩开众人，大步走到离我只有几英寸远的地方，同伴们愤怒的合唱给了他勇气。我感到非常平静，如果有必要的话，我会毫不犹豫地扑向他。我们在街上的活动引起了人们的注意。开妓院的老人穿好了衣服要出门，带着明显的恐惧注视着。那个臭气熏天的干部用愤怒的手指指着我的鼻孔。

"你会惹上麻烦的。"他吼道，愤怒地吐着唾沫。另外两个人又说了几句脏话，我父亲试图把他的身体插到那个愤怒的男人和我之间。他被愤怒地推到一边。"给我听着，"那人说，还在发抖，气得吐唾沫，"你给我出去干活，不然我们就收拾你。你们这些人渣。你们以为自己是这里的主人吗？"这三个人都对这种自由不满，拳头紧握，咬牙切齿地发出嘶嘶声，就像情节剧里的恶棍一样。我想他们本可以把我打死的。

街上的人们都停下来看着，听着。我看得出这让三个人很紧张。他们担心自己会卷入一场群体骚乱。其实没有那样的危险。我们在顺从的方式上学得太多了，尽管折磨我们的人还没有完全明白这一点。

"给我看看你们的身份证。"愤怒的男人说。父亲收集了证件，把它们交给了那个人。他们三个仔细地看了看那些黑色的照片，然后把证件还给了他。

"你们不想核对一下名字吗？"我问他们，让他们知道我知道他们不识字。

"我弄死你。"那人生气地低声说道。他迅速扫了一眼人群，咒骂起来。他们转身要走的时候，一边走一边辱骂我们，没有停下来去敲街上其他的房门。当他们走进空地时，人群欢呼起来。一些人开始回家。开妓院的老人摇了摇头，向我晃了晃手指。

"这样做太愚蠢了，"他说，"现在我们都有麻烦了。"他微笑着对我眨了眨眼。父亲拍了拍我的背。我是个英雄。"你看到教育对这些孩子起的作用了吧。它让他们变勇敢了。"他说。

那天我们都做了志愿者。父亲认为最好不要再找麻烦了。和往常一样，现场一片混乱。没有人主动给我们安排任何工作。我们一直等到太阳晒得太厉害才回了家。

我临行前的晚上，母亲准备了一场盛宴。地毯从麻袋里拿出来，拍打了一下，铺在客房里。椅子靠在墙上，刚好有足够的空间让我们大家挤进去。正如他们在对这趟旅程的漫长等待中一贯声称的那样，他们说这只是走个形式。所有多加小心云云都被抛到了脑后。父亲把提到的一切都当作是在开玩笑。在他们的陪伴下，我发现很容易忘记自己的疑虑。在这丰盛的食物和高度的乐观情绪中，似乎没有什么是难得倒我的。最后一句清晰明了的忠告被传达了出来，警告和威胁被明确地详述了，大家郑重地请求真主的帮助。扎基雅整个晚上一句话也没说，但我每次看她，她都对我微笑。

我本来打算一大早就走的。父亲执意要陪我去车站，不让其他人去。有什么好大惊小怪的？我去上班的时候和他一起走。你们女人总是小题大做。那天晚上我上床睡觉时，满脑子都是要离开的念头。只是因为母亲在半夜过来和我说再见，我才意识到我没有为她多留一点心思。我们聊了一会儿，她又走了，说她只是来最后一次祝我好运，我什么也不用担心。

我发现很难入睡。一想到如果不睡觉，我早上醒来就会感到疲倦，我变得狂躁起来。旧日的疑虑又回来了，嘲弄着今晚的乐观。对旅途的恐惧卷土重来，我一直到凌晨才睡着。

我被听到的那些故事吓坏了，坚持要坐二等车厢而不是三等车厢。这样我就确定能有一个预留的铺位。大家都说，坐三等车厢旅行就是挤在罗纹木凳上做抬腿运动。我上车时，我所在的车厢是空的。我按照他们的建议，把行李箱藏在了一张下铺的下面。车厢里镶着木板。座套是绿色的、柔软的塑料，摸起来很凉爽。窗户下方的小喷泉饮水器由一根细长的杠杆操纵。微型水盆托在喷泉弯曲的水管下面，像一枚新硬币一样闪闪发光。窗户上方有窗帘，挂在角落里，用带子拉着。我拉起车窗，把头探了出去，就像我在照片上看到的那样。父亲走下站台，站在我下面。

　　"里面怎么样？"他问。

　　他一直和蔼可亲，谈笑风生。他踮起脚尖想看看里面，但他不够高。我走到站台上向他道别。

　　"听着，"他说，"我没有多少时间了。小心点。别做傻事……然后回到我们身边。你明白吗？你一定要写信告诉我。如果有什么问题，写信告诉我。我们的希望和良好祝愿与你同在。"

　　他抓住我的手，捏了捏。我说了再见，希望他已经说完了。我想让他赶快走，免得他带着他所没有体会到的荒唐的父爱情绪，使自己难堪。"做个好儿子，一如往常。"他说，又捏了捏我的手。他的声音变粗了，当我看到他越来越迷恋他的角色时，我不禁畏缩了。突然，他笑了，表示他对表演不再感兴趣。"别空手而归，"他用一种更熟悉的声音说，"你尽一切可能说服那个小偷帮你。我们自己什么都不想要，只想为儿子尽我们的责任。这不是假期。你明白吗？

别让我们丢脸，别空手而归。"他轻轻地摇了摇头，好像不确定我是否听懂了。

"别担心。"我快活地说。

他转过身，沿着站台向栅栏走去。看着他匆匆离去，我忍住了想笑的冲动。这似乎是错误的。当我回到车厢时，有一个男人坐在我对面的铺位上。他是个年轻人，正低头看书。我进去时，他抬起头来，微笑着点头向我致意。我坐在自己的铺位上，头探出窗外，观察着站台上的动静。我很高兴我的旅伴是个年轻人。很快，火车开始嘶嘶作响，准备出发。

"你知道几点了吗？"那声音非常自信。我转过身来看着他，摇了摇头。我没有手表。他笑了笑，站起来走到窗前。他头发剪得很短，好像是个军人或警察。他的脸很瘦，很黑。他像运动员一样健壮。我瞥了一眼他翻过来放在铺位上的那本书：彼得·亚伯拉罕斯的《矿童》①。

"车怎么还不走呢？现在该到时候了。"他说这话的时候看着我，又看了好一会儿，好像在研究我。他介绍自己叫摩西·姆维尼，身体前倾，与我握手。"你要去哪里？"他问，又坐了下来，漫不经心地瞥了一眼他的书，然后合上书放在身边。

"内罗毕。"我说，努力配合他随意的态度和灿烂的笑容。

---

① 彼得·亚伯拉罕斯（Peter Abrahams，1919—2017），南非黑人小说家，其代表作《矿童》（*Mine Boy*，1943）描写了一个到金矿谋生的青年农民的遭遇，反映了种族隔离政策统治下黑人的痛苦生活。

"我也是。"他咧嘴笑着说。他又等了一会儿，笑嘻嘻地点头表示鼓励，对我有所期待。我咧嘴一笑，也点了点头。他的笑容消退了一点。"你叫什么名字，伙计？"最后，他温和地问道。

"对不起，"我说，觉得自己又蠢又没礼貌，"我叫哈桑。哈桑·奥马尔。"

"很高兴认识你，哈桑。我叫摩西·姆维尼。"他又说了一遍自己的名字。他带着骄傲的微笑向后靠去。我不知道我是否应该记住这个名字。他叹了口气，又瞥了一眼窗外，对火车迟迟未动变得不耐烦了。"这是你的家乡吗？"他问。

我点了点头。他猛地吸了一口气，同情地摇了摇头。"这个地方死气沉沉，"他夸张地说，"我在这儿已经两天了，我可以毫不介意地告诉你，兄弟，我已经看够了。这里除了妓院和混蛋什么都没有。他们应该把这个地方拆了，重新开始。无意冒犯，我的朋友。"

"你从哪儿来？"我问。

"达累斯萨拉姆①，"他说，"梦想之城！"

从我所听到的关于那个城市的一切来看，他完全可以这么说。不过，我并不急于这样说，以显示我的无知。因为那样的话，我就不得不承认我从未到过那里。"我听说那是一个尘土飞扬、丑陋不堪的小镇。"我最后忍不住说。我决心

---

① 达累斯萨拉姆（Dar es Salaam），在斯瓦希里语中意为"平安之港"。坦桑尼亚原首都，第一大城市和港口，全国经济、文化中心，东非重要港口。

不被他自信的微笑和健美的外表所吓倒。

"丑陋!"我看得出他不是在假装震惊。"我们有超市、五星级酒店和夜总会。你们这里有什么? 你应该自己去看看。"火车发出非常响亮的嘶嘶声,猛地开动起来,缓缓地驶过站台。摩西朝窗外瞥了一眼,咧嘴笑了。

"我得去方便一下,"他说,"我想我看到走廊那边有个厕所。请帮我照看一下包好吗? 火车上有很多饥饿的人。"

我喜欢他。他似乎对事情漠不关心。一切对我来说都是新的:风景,火车。我一生都住在那里,从来没有细想过这些事情。近处是一簇簇的灌木丛和树木,遮住了地平线。我很惊讶我们这么快就到了乡下。

这是我第二次离开家。第一次是学校组织的去楚瓦卡①的旅行,在海边待了整整十天,研究潮汐规律之类的。吃了十天美味的半生不熟的鱼和湿乎乎的煎饼! 老师们坚持要我们自己做饭。晚上,我们坐在海滨别墅的阳台上,唱着感伤的情歌。我们在墓地旁守夜,等待那些永远不会出现的鬼魂。在海滩上玩曲棍球……然后有人发现了一个洞穴,里面散发着腐叶和死亡的气味。我们在洞穴深处发现了一个冰冷的水池,那是供奉古代水神的圣地。我们在里面游泳,直到女人们来了,向我们扔石头,说我们弄脏了她们的饮用水。我们出发的前一晚下起了雨,我们薄薄的床垫都湿透了,板结成了粗麻袋。可是,我们在暴雨中奔跑着穿过墓地,奔

---

① 楚瓦卡 (Chwaka),桑给巴尔所属的恩古贾岛 (Unguja) 上的一个小镇。

向大海，那是多么无拘无束啊！自然界的喧闹配上我们孩子气的呐喊和尖叫，是多么令人快乐啊！在海边待了整整十天。

火车有规律地左右摇晃，令人昏昏欲睡，噪音震耳欲聋。一阵微风从开着的窗户吹进来，吹皱了被带子拉住的窗帘。外面看起来很热。

我们预计在第二天早上到达内罗毕。母亲为我打包了一些吃的，还有一条床单可以过夜。我检查了一下，发现护照还在包里。我靠在椅背上，把脚放在对面的铺位上，享受着新的自由。敲门声响起，紧接着一个矮胖的老头走了进来。他盯着我的脚，然后用一根胖乎乎的手指指着它们。

"放下来！"

他整了整帽子，扯了扯上衣，挺起胸膛，让我出示车票。没有询问，没有威胁，没有辱骂。他拍了拍口袋，掏出一本便笺簿。"需要床上用品吗？"他问。我摇了摇头。他写了些东西，把便笺簿收了起来。"第一次去内罗毕？"他问。我点了点头。他看上去有点恼火。我本应该说点什么，或者微笑一下，但我没有说出口。他猛地把门打开，然后离开了。我不是故意无礼的。

座椅紧贴着我湿漉漉的后背，并不像一开始看起来那样舒适。我想活动活动腿脚，四处看看，但又不想让摩西的包无人看管。我不愿去想我舅舅，现在还不想。当他闯入我的思绪时，我把他推开了。奇怪的是，我一点也不害怕。火车一开动，我就感到安全了。门又慢慢地打开了。摩西将头伸进来看了一眼，然后走了进来。

"他走了，"他说，"你知道，我没有票。"他对我笑了笑，看出了我的惊讶。"我从不买票。这些检票员太蠢了，你根本不需要。我一学期来回两次，一次也没被抓到。我是内罗毕大学的学生。"

他垂下眼睛这么说。我一定是不出所料地露出了钦佩之情，因为当他抬起头来的时候，他笑了。"读文学。"他补充道，拿起书，双手交扣抱在怀里。他把书放在身边，又看了我一眼。目光渐渐变成了凝视。

"你不说点什么吗？"他皱着眉头问道，"你没事儿吧？"

"没事儿，没事儿。"我说，被这种直接的攻击弄得不知所措。

"正如我刚才所说，我从不买票。"

"是的，是的。"我说。

"你说这是你第一次去那里？哟！那你可有很多东西要看。内罗毕是个好地方。我真的很喜欢……大学也很好。当然，除了饭菜。他们给我们吃的烂东西难以下咽。去年我们罢课了。在他们开除厨师或杀了他之前，不去上课了。是的，我们真的罢课了。"

"成功了吗？"我问，现在感觉有责任说点什么，表现出兴趣。

"一开始没有。"摩西接着说，对我很满意，"起初，校方叫来了保安，大个子卢奥人①，手里拿着大棒。但是学生

---

① 卢奥人（Luo people），肯尼亚第三大民族。

们变得狂暴起来，追着保安满校园跑，闯入大楼，砸坏汽车。这是真的。于是校方叫来了军队。我告诉你，这是非洲。我们是野蛮人。他们杀死了一个学生，把我们其他人都打发回家了。我们回来时，他们把厨师解雇了。为什么他们不能一开始就这么做呢？"

"现在饭菜好点了吗？"

他笑了。"没有，还是没法吃。"

"你的学业……怎么样？进展顺利吗？"

他对我的问题置之不理，做了个鬼脸。"关键是这座城市，这就是内罗毕的意义所在。多棒的城市！"

"比达累斯萨拉姆还要好吗？"

"嗯，"他笑着说，"我只是生活在达累斯萨拉姆，我的族人来自肯尼亚。你会发现，内罗毕是非洲最好的城市。只要你是个百万富翁，你就能享受其中。只是那里的印度人太多了。"

"学文学要读很多书吗？"我问道，不想再听到针对印度人的报复性攻击。

"你是没听见我说的话还是怎么着，嗯？我告诉你，内罗毕的夜生活才是真正的生活。从晚上开始一直到清晨，你都可以找到女人。内罗毕的女人你在东非其他地方可找不到……黑人，白人，阿拉伯人，索马里人，印度人。她们做的事情……"

他笑了，等着我问更多的问题。我一定是一副不赞成的样子。他突然显得严肃认真，又拿起书来。"但别以为我们成天只管享乐，"他警告说，"你在大学里必须努力学习。

我们很幸运能到那里。我们国家的未来掌握在我们手中。"

火车正在减速。摩西不顾警告，把头伸出窗外。"我们不知道停在一个什么鬼地方，"他转过身来宣布道，"也许司机需要方便一下。妈的，太热了。"他坐下来，小心翼翼地用指尖撩起衬衫的一角，拍打着，给自己扇风。他又拿起书来扇了扇风。

"你喜欢彼得·亚伯拉罕斯吗？"我问。

"嗯，他写得还行，"他说，"只是太矫揉造作了，这就是问题所在。他不像非洲人那样写作。你知道这本书让我想起了什么吗？艾伦·帕顿①。它有同样的自由主义说教，软弱又困惑。你明白我的意思吗？对广大受压迫的非洲人民没有认同感。"

火车一开动，我就去找厕所。时间不早了，太阳现在已经肆无忌惮到足以扭曲距离和形状的地步。我能看见远处山丘的影子。大地干燥而空旷。风越来越大，怒气冲冲的红色尘土在平原上呼啸而过。在火车的另一边，我可以看到中央高原的陡坡，略带紫色，朦朦胧胧。

我挤进车厢的一侧，好让两个女孩通过。她们侧身走过，咯咯地笑着——漂亮的印度女孩，屁股蹭着我的腿。她们的父亲就在她们身后，所以我假装没注意到。

后来，火车在一个尘土飞扬的小车站停了下来。没有人下车，天气还是太热了，谁也不想出去溜达。一个老太太独自坐在月台上，后面是刷成白色的圆顶车站大楼。对于去内

---

① 艾伦·帕顿（Alan Paton, 1903—1988），南非作家和社会改革家。

罗毕途中这么一个无足轻重的小站来说，这似乎是一座不必要的精心设计的建筑。也许这个车站是某个人宏伟计划的一部分，但这个计划没有成功。老太太脚边围了一圈捆扎着的活鸡，它们的头随着突然的、好奇的动作而移动，好像它们知道自己希望看到什么，但还没有看到似的。

我想吃点东西，不知道摩西有没有带自己的。对我让他跟我一起分享的提议，他似乎感到很高兴。我摊开了母亲为我打包的面包和鸡肉。

我们在车站停了大约一刻钟。当火车蒸汽声越来越大，准备开动时，老太太收拾起她的货物，抓住捆着的腿把鸡倒挂着。我们在那里的这段时间里，没有铁路部门的官员出现过。我们离开时也没有人出现。没人下车，我也没看见有人上车。这是一个神秘的车站，在一个神秘的地方——一个没有站牌的、神秘的、精心设计的车站。当我提到这件事时，摩西看上去一脸困惑，然后暗示火车可能停下来休息了一下。

摩西走了，几分钟后带着一袋李子回来了。他不肯说是从哪儿弄来的。我怀疑是他偷的。他把袋子放在我们中间，放在吃剩下的鸡肉中间。他谈笑风生，乐在其中。我们从微型喷泉饮水器上喝水，弯下腰在喷口吸。

"这玩意儿让我想起了小弟弟撒尿的声音，"他说，"嘀嗒，嘀嗒。"

我们在傍晚时分到达了干旱的高原。这里没有什么可看的。我很高兴自己只是路过这片充满敌意的土地，而不是它的一部分。我们很早就拉上窗帘，躺在了铺位上。结果摩西没有带任何床上用品，所以我就借给他一块基科伊①。

"我喜欢轻装旅行，"他一边说，一边把基科伊盖到身上，"而且我正在为善良的旅伴创造机会做好事。我又饿了。"

我们没吃晚饭就上床睡觉了。我坚持认为我们应该把剩下的面包留作早餐。我没有想到要和别人分享我的食物，尽管我并不介意这样做。我很高兴有摩西做伴。

"那么，当你结束探险时，你有什么打算呢？"当我们躺在疾驰中轻轻摇晃的火车中时，他问道。

"没什么打算。我中学刚毕业。"

他在黑暗中咕哝了一声。"我知道那段时间的感受。寻找前途，希望有人会对你友善地微笑。我是幸运的。我是学校里最好的学生，所以这对我来说很容易。我直接上了大学。你知道在我们学校，我是学生会主席。阿扎尼亚高中。我是说，这很了不起。"他坐起来，单肘撑着身子，沉默了一会儿，思考着自己的伟大。"所以这对我来说很容易。我在读文学。你知道，这个专业，我可以接受，也可以放弃。我的学习成绩很好，我知道我的老师希望我学文学。校长也认为这是个好主意。他常说，文学就是生活。那个愚蠢的老家伙。他对生活了解多少？"

"那你为什么这么做？你为什么不做你想做的事呢？"

"我想要的只是一个学位。我想要一辆车，一座漂亮的

---

① 基科伊（kikoi），斯瓦希里语。指东非地区流行的一种传统的色边条子厚棉布，通常有着色彩明亮的条纹图案，布的边缘装饰着打结流苏，常用作披肩或围腰。

房子，晚餐吃鸡肉，还有一些漂亮的女人。我以为文学会很容易。"他凝视着我，等待着。我点头示意他继续说下去。"这很容易。这就是狗屎。所有这些人文学科的东西都是狗屎。我们只有非洲艺术、非洲文学、非洲历史、非洲文化等等。我们自己甚至造不出一把螺丝刀或一罐滑石粉。我们需要的是技术。现在我们用的所有东西都必须从欧洲或美国进口。他们甚至给我们钱买这些东西。我们必须学会建造我们自己的工厂，制造我们自己的汽车，织我们自己的棉布……这就是秘诀。在那之前，所有这些都是狗屎。"

他身体前倾，竭力强调自己的话。"听着，"他继续说，"也许为了发展，我们不得不暂时忘掉非洲艺术。"他笑了笑，换了个姿势。"我甚至准备暂时忘掉非洲人。花几百万为这些原始部落修建医院有什么意义？当他们好转时，你必须花更多的钱来养活他们。他们什么也不生产，什么也不做。我会杀了他们。如果要杀掉几千个野蛮人才能让我们强大，那就这样吧。这对我们的孩子来说是值得的。"他停了下来，看我是否会反对。

见我没有反对，他又向前倾了倾身子，急切地想说服我。我猜这是一篇最受欢迎的论文。"这种关于传统和非洲这个非洲那个的讨论同样也是'非洲艺术'。这些人把我们当傻瓜了。他们才不是真心的呢，这些传统的捍卫者。他们唯一感兴趣的传统就是让他们的屁股变肥。我们需要的是一个有远见的人，一个铁血领袖。相反，我们有的是这些油腻的首领，他们只对非法敛财和别人的女人感兴趣。他们谈论黑人的尊严，然后粗暴地对待他们。他们把我们当傻瓜。"

他坐了起来，双脚着地。"你知道，他们利用了我们的贪婪。"

"你准备先拿谁开刀呢？"我问。

"不，别开玩笑。这些人就是不动脑子。看看他们是怎么对待印度人的。这很愚蠢。他们来这里赚了很多钱又如何？他们拒绝成为公民又如何？他们有专业知识。他们有钱。我们先利用他们，然后再把那些混蛋赶出去。可我们不会把白人赶出去。我们太怕他们了。我们希望他们喜欢我们。非洲艺术、非洲历史……我们恳求他们把我们当作人。但我们要迫害和驱逐印度人。我们表现得像个孩子一样。这太让人泄气了。"

"我是说你准备先拿谁开刀？你会从哪些部落开始？什么时候轮到印度人？你什么时候会转向阿拉伯人或索马里人？之后谁将成为你的下一个替罪羊呢？"

"替罪羊！这就是问题所在，"他怒吼道，"这就是我们什么都不做的原因。我们都把自己看作受害者，等着轮到我们。等着外面的什么人过来向我们伸出援手。我们不为自己做任何事。谁会是下一个？好吧，我们就是下一个……迟早的事。除非我们做点什么。"

"做点什么呢？把别人……变成牺牲品吗？"

他让我很紧张。我以前也听人说过同样的话。甚至我自己可能也说过，但从来没有带着这样的激情和信念说过。当我们目睹我们的国家被掠夺时，我们说了许多愚蠢的话，这是令我们沮丧的一部分。摩西说话的口气好像他相信自己说的话，但我怀疑他做得比我们更多。

"我们是受害者，"我说，"也许你是对的，我们坐着等着，什么也不做。面对这样的暴力，你想让人们做什么呢？每天都有人牺牲。为了我们国家的发展，有人被挑出来牺牲了。这向我们所有人展示了我们国家的强大力量。我们可以像受惊的老鼠一样四散奔逃，低声谈论阴谋和屠杀。这是我们的主人为我们提供的一项运动。"

"运动！"他生气地说，"你以为我们是什么？野蛮人？你把我们说得像电影《人猿泰山》里的嗜血土著。"

"因为你不介意杀死部族和印度人。"

"如果有必要的话，"他喊道，"如果我们必须杀死那些阻碍我们前进或剥削我们的人，那么我认为我们应该这么做。"

我看着他身体前倾，怒气冲冲地为自己辩护，我意识到我喜欢挑衅他。"我们是在你拿到学位、房子和汽车之前还是之后做这件事？"我问他。

"这不公平。"他说，身子往后一靠。

"这只是一种冠冕堂皇的仇恨，摩西。你说起杀人就像玩游戏一样。为了进步要付出什么样的代价？"

"代价再高也不过分。"他说着，朝我挥了挥手，"除非我们为自己做事，不需要每天向这些白人乞讨，否则你最好忘记进步、正义或任何这类事情。如果只有铁血领袖式的人物才能做到这一点，那么我说，让他来吧。"

我们的谈话毫无进展，但他微笑着看着我，确信自己的观点无懈可击。"我希望铁血领袖还是会让你去夜总会嫖娼的。"我说。

他笑了——既然他觉得我已经对他让步了，他就准备大方一点。我在铺位上躺下。他关了灯，在黑暗中平静下来，还在吃吃地笑着。我想知道，几年后他会做什么，他会不会学会那种玩世不恭的态度，让对这种激情的记忆变成一种荒谬的幻觉。我听见他拖着脚走，把手伸进包里，然后打开了水龙头。

"你在干吗呢？"我问，"在水盆里撒尿吗？"

他笑了。"不，只是想挤点果汁。你要肥皂吗？"

"你在打飞机。"我说，一边羡慕，一边觉得好笑。

"是啊，是啊。"他说，一边叹息，一边吹着气，一边用手把肥皂拍出泡沫，"你把我搞得好窘，伙计。你到底要不要肥皂？"

"不用，"我说，"我不想要肥皂。"

我把床单拉到头上，不去理会那些噪音。我想我马上就睡着了。醒来时我感觉很冷，立刻高兴地想起我在哪里。阳光透过薄薄的窗帘倾泻而入，但还不足以驱散寒意。摩西还在睡觉，仰面躺着。他半张着嘴，一只胳膊压在身体一侧下面，看上去很脆弱。我悄悄地穿好衣服，以免打扰他。我知道再过几个小时就要到了，我想做好准备。这一切他以前都见过，但对我来说却是全新的，我不想错过任何东西。走廊里还是空荡荡的，好像摩西和我是火车上唯一的乘客。

厕所里有人。我站在门边等待，但门的另一边传来一阵令人胆寒的爆发声，把我逼得向后退开。我不知道是否应该过一会再回来，但我膀胱内的压力需要立即得到释放。这个在厕所里排空肠子的可怜人还能做什么，比家里茅坑的陈年污垢更糟糕呢？

我们所经过的这片土地看起来黑暗而肥沃，几近郁郁葱葱。群山连绵不断地向紫色的地平线延伸。火车漫不经心地向前颠簸着，它的冷漠几乎是快乐和无忧无虑的，就像一个全神贯注的奔跑者，向路人挥手，却专注于前方的幸福。绿油油的山坡心满意足地隆起着，肥沃而丰盈。它们在各个方面都不像我们小镇狭窄街道上那种专横的压迫，那里充满了过去的残酷和纠缠不清的嫉妒的气息。难怪人们学会了为这片土地而战，为它谋杀和残害。谁会想到为一条肮脏、湿滑的小巷冒这么大的风险？

近在咫尺，铁轨的边缘长满了高大的草，即使在晨光的微弱寒意下，这些草也显得毒辣尖利。

厕所的门开了，一个高个子男人跟跟跄跄地走了出来。他似乎很难站稳。经过一番努力，他居然还能走路，真是个奇迹。我一直等到他摇摇晃晃地走开，才不情愿地走向厕所。我深吸一口气，推开门，在决心减弱之前冲了进去。

一个男人躺在地板上，夹在基座和隔墙之间，双腿蜷起，分开。我退了回去，关上了门。这与我无关。我又进去了。他好像睡着了。他的呼吸艰难而沉重。他的衬衫上溅满了血，但没有伤口的迹象。他的双臂紧紧地夹在身体两侧，仿佛是被挤进了这个狭窄的空间。他的脸因瘀伤而浮肿。我轻轻地踢了踢他的脚。他呻吟了一声，然后闭上嘴巴，再没有发出任何声音。这跟我一点关系都没有。我后退几步，随手关上了门。

我听到有声音从走廊传来。那个高个子男人回来了，后面跟着检票员。这位官员一边大喊大叫，一边推着前面那个又高又瘦的人。当他们走到门口时，那个高个子男人粗暴地把我推到一边，我看到他的一侧脸上沾满了血。他指着门，等着官员在他前面走进去。检票员还没来得及扣好制服上衣的扣子，决定现在扣上。最上面那颗扣起来有些费事，但他最终还是把它扣在了脖子那厚厚的褶皱上。

"你！"他转过身来对我说，并在我身上实践着他的权威，"你跟这事有关系吗？下一站我就把你和其他人扔出去。你以为你在哪里？"

"我只是在等着上厕所。"我抗议道，听到并讨厌我声音中惊恐的呜咽声，"这与我无关。"

"那就滚一边去。"高个子男人说。

"你给我闭嘴。"官员说，朝他摆了一个手指以示警告，"那点酒还在你脑子里打转，是吗？没人让你下命令。你最好小心点，否则下一站我就把你锁起来。"他一直等到高个子男人因挫败而垂下眼睛，才转向我。"你！几个成年人喝得酩酊大醉，这还不够吗？还非得再来几个人围在旁边看着他们，好像没事可做似的？快点，离开这里。"

喧闹声把一些人吵醒了，当那些蓬头乱发的面孔从门后出现时，官员转向他们寻求同情。我挤过他身边，又挤过那个高个子。他把受伤的那边脸从我面前扭开。

"那边发生了什么事？"在我回去的路上，一个男人问我。

"我想有人受伤了。"我说。

他迅速朝走廊上看了看，然后又回头看了看我，好像要确定我没有在对他开一个残忍的玩笑。他匆匆离开，想亲自去看看。我发现摩西还在睡觉。他睡得太安逸了，这让我很恼火。在这种情况下，这显得冷酷无情、麻木不仁。我很想把他摇醒，但一想到和他谈话要费的力气，我就打消了念头。我可能只会得到一篇对于我的天真的有力而明了的总结。我把目光从他身上移开，试着想想接下来会发生什么。

我还有足够的面包当早餐，尽管我可能不得不和别人分享。到站后，我得乘出租车去舅舅家。父亲写信告诉过他我到达的日期，但我想他可能太忙或已经忘记了。我对他知之甚少。我从未见过他，但在上路前的几个月里，我小时候听过的许多关于他的故事又重新浮现出来。我知道他靠卖车赚了很多钱，也知道他把自己打造成了受人尊敬的人。父亲说他靠走私赚了大钱。我不知道这是否属实。我不知道他有多富有，也不知道他是否有能力借钱给我或资助我读书。母亲说已经把知道的都告诉我了。我感觉她有所隐瞒，她告诉我的更多的是传说而不是现实。她说过他的坏脾气，他那熊一般的暴怒。我告诉她，我在这方面有很多经验，会尽量不惹他生气。其他时候，她说他慷慨得离谱了。是的，自己的姐姐在几百英里外贫困潦倒，而他却无动于衷——从这件事上，我就能看出这一点。我怀疑我这是在白跑一趟。然而，他已经邀请我去了。也许……不，认为一个不愿为他那穷困潦倒的姐姐做任何事的弟弟——如果他愿意这样生活的话，祝他好运——会愿意为了她的儿子放弃几千英镑，这是愚蠢的。

不过，除了一点点尊严，我倒是没有什么可损失的。大不了就是看起来愚蠢一些。这是一次机会，可以旅行和见识世界，呼吸不同的空气，感受自由的气息。穿过沼泽，沿尼罗河而下，一路直抵亚历山大。也许我的到来会使那位有钱的舅舅感到羞愧，为弥补以前的疏忽而慷慨解囊。我的睿智和正直一定会给他留下深刻的印象，至少他会因为拒绝帮助这样一个孜孜求学的典范而感到羞愧。此刻，只要能动起来，奔跑起来，逃离那些令人窒息的狭窄巷子就足够了。

我去找另一个厕所。现在走廊里有人了，火车比我们出发时还要拥挤。我回来的时候，车厢是空的，在摩西回来之前，我吃了剩下的面包。他回来时披着我的基科伊，用塑料刷子刷牙。他在脸盆前弯下身子，吐了几口唾沫，又漱又洗。他用基科伊的一角擦干了脸。他看起来精神焕发，很高兴活着。他双手上下揉搓着脸颊，笑了。我羡慕他。与他的笑容相比，我的笑容显得苍白而病态。

"有人受伤了。"他说，毫无顾忌地扯下了基科伊，"一个该死的醉鬼。有人狠狠地揍了他一顿，还偷走了他的钱。他浑身是血。我告诉你，这附近有一些卑鄙的混蛋。我记得有一次在内罗毕……"

他停顿了一下，我猜想他是在编故事。他拉上裤子的拉链，犹豫不决地站着，然后微笑着摇了摇头。"说这种事太早了，"他说，"我们先吃点东西吧。"

"我已经吃过了。"我说，感到有些羞愧。

我觉得他不相信我说的话。他一定以为我穷得买不起早餐。"我请客，"他说，"你知道，我们必须安排在内罗毕见个面。你一定要到大学来找我。只要提摩西·姆维尼就行。

我们出去玩玩，去嫖个妓。我会给你看一些我写的诗。哦，对了，这让你很吃惊吧？"他站在门口等我。

"不用了，"我说，"我真的什么都不想吃。"

他耸了耸肩，关上了身后的门。我捡起地上的基科伊，检查了一下，看上面是否有他昨晚滥用的痕迹，但似乎没有。除了坐在窗边凝视群山，没有什么别的事可做。高大的褐草在风中轻轻颤动，在寂静的山丘上掀起一阵阵波涛，此刻的山丘带着一种原始的耐心，寂静无声。远处散落着呼啸而过的荆棘灌木。火车失去了它那欢快的步伐，在最后一段旅程中缓慢地、咕噜咕噜地前行。

接近内罗毕时，西边的恩贡山①映入眼帘。摩西把它指给我看，我们开心地笑了起来。一架即将降落的飞机从我们头顶飞过，引得我们从一个窗口跑向另一个窗口。

"回来真好，"摩西说着跳回车厢，"到时你一定要来看我。"

他拿起包，解释说要想不让铁路官员抓住，他就得动作麻利点，然后和我握了握手。看到他要走，我有点难过。他再次提醒我一定要去大学看他，恳求地微笑着挥手告别。

---

① 恩贡山（The Ngong Hills），位于肯尼亚首都内罗毕西南约 30 公里，地处东非大裂谷边缘，山顶海拔 2 460 米。"恩贡"一词在斯瓦希里语里指的是手指根部的那个关节，恩贡山因山头连绵，形同指关节而得名。

第四章

车站很大。有必要这么大吗？出乎意料的是，我没有惊慌。我出示了车票，没回答任何问题就被允许通过了。天很热，我汗流浃背，浑身油腻腻的。我紧紧抓住那块风尘仆仆的麝香寻求安慰。我记得人群的拥挤、叫喊，还有各式各样的制服。浪漫一些的旅行者会称之为对生活的热情，这无疑是非洲式的，舞蹈是正常生活节奏的一部分。我觉得人群既混乱又可怕。我眼睛一直盯着地面，推搡着无法抵抗的人流。我紧紧抓着我的包，生怕它被人抢走。

人群把我推到外面。当出租车载着我在这座城市里穿行时，我太困惑了，以至于很多东西都没看清。我记得我很高兴，宽阔的道路和高大的石头建筑就像我所希望的那样令人印象深刻。它们暗示着财富和秩序。人行道上挤满了人。我努力保持冷静，努力不让别人觉得我是一个刚进城的乡下男孩。我提醒自己，在有内罗毕之前，我们那个海滨小镇已经存在了三个世纪。我们与中国的贸易甚至在孕育这个自负的工场的铁路发明之前就开始了。有什么好害怕的呢？出租车司机沉默不语，闷闷不乐，对人群和乘客都不感兴趣。他以坚定的决心开着车，只有一次，当一个印度男孩从人行道上跳下来，在我们面前跑过马路时，他愤怒地嘟囔了一句。

我们好像开了很久的车，才到达我舅舅住的富人区。看到这些房子越来越富丽堂皇，我不禁松了一口气。谣言有时会把一个穷人的好运夸大到如此程度，以至于他简陋的平房变成了一座宫殿。这样的事情的确发生过。到目前为止，我发现关于舅舅的传说都是真的，这使我颇感欣慰。愿你平安，艾哈迈德舅舅。你好啊，努鲁拉。①早上好，先生。我练习了一遍。

我们停车的那所房子没有树篱，不像我们经过的大多数房子。取而代之的是一条锻铁链条，把前面的花园和大路隔开。前面的花园大部分是草坪。房子近处有灌木丛，门边有一株盛开的大木槿。房子旁边是一棵成熟的凤凰木，树后有一些矮小的观赏型棕榈树。出租车司机鸣了一声笛，挥了挥手就开走了。这突如其来的好意让我有些惊讶，我挥手的速度太慢了，还没等我抬起手臂回应，车已经消失在隔壁的树篱后面了。

我希望现在已经有人在屋子里看到我了。在如此文雅的人面前，我的差事显得既愚蠢又庸俗。门是锁着的，但我已经准备好了。我放下包，站直身子，等着第一次按门铃。我以为它会轻轻地响起，在走廊里回响，所以门另一边传来的刺耳的丁当声让我大吃一惊，几乎破坏了我的镇定。我以为我做错了。我等待着，为是否该再按一次而发愁。

一个女孩开了门。她靠在门上，扬起眉毛，不耐烦地挺了挺下巴，询问我的来意。"你找谁？"

---

① 原文为阿拉伯语：Salaam aleikum, ami Ahmed. Ahlan wa sahlan, ya nurullah.

我还记得这种待遇给我带来的委屈和伤害。我不是乞丐，我皱着眉头想。她离开门，向后靠了一点，似乎是为了好好看看我。现在她随时都可能呼救。她打量着我，目光迅速扫过我的衣服和包。

　　"我叫哈桑·奥马尔。"我开始了为这个场合准备好的演讲。她眨了眨眼睛。我意识到我说的是英语。她赤裸的双臂交叉在胸前，把重心转移到一条腿上，叹了口气。

　　"你找谁？"她重复道。她现在正准备享受这个小小的插曲。我忍不住笑了。她也笑了笑，只是嘴唇抽搐了一下，带着讽刺和不悦。她又咄咄逼人地、专横地把下巴往前伸。我再次微笑，对她的任性毫无准备。

　　我说："我是来拜访艾哈迈德·本·哈利法先生的。"我说得更准确、更谨慎。

　　"他不在家。"她说。她张开双臂，伸手去够门，稳住双腿，准备请我吃个大大的闭门羹。

　　"我是来看他的。"我连忙说。

　　"嗯，可是他不在这儿。"她不那么唐突地说。

　　"他知道我要来。"我说着，弯腰捡起我的包。我很想转身愤怒地大步离开。这样一来，我受伤的自尊就会暴露无遗，并让她感到抱歉。

　　"是吗？"她说，等待着我的解释。我从她的语气和她警惕、搜索的目光中得到了安慰。

　　"他在等我。"我说，感觉到自己在占上风，隐隐为自己最终没有被拒之门外而感到遗憾。我向门口移动了一下，她犹豫了片刻，才走到一边让我进去。我小心翼翼地在门垫上擦了擦鞋。我听过一些故事，说有朋友把街上的粪便和泥土带到这样阔气的房子里。我弯下腰脱掉帆布鞋，我感觉到她在我身后的不安。她的手碰了碰我的肩膀，只是轻轻一拍，没有用力。

"你不必脱鞋。"她说。

我挺直了身子，觉得自己很傻。她笑了笑，令人安心。她现在为我感到难过。所以我耸了耸肩，表示我并没有被这些事情所困扰。我们都会犯错。我当时并没有想到要辩驳说，在我们那里，穿鞋进屋是不礼貌的。她一定以为我只是在尴尬地诏媚。

"欢迎。"她说，示意我跟着她穿过走廊。墙壁和地板都是柔和的颜色。深紫丁香色看起来像毛毯一样柔软而厚实。地毯的颜色是一种非常精致的、丝滑的棕色。走廊的一角，在网窗下方，立着一个黄铜箱子，上面放着一个高高的凹槽花瓶，里面盛着九重葛花。我能感觉到，在这些财富面前，我的肩膀毕恭毕敬地向前耸起。

她把我领进一个光线充足的大房间。有一面墙几乎全是玻璃，透过它我可以看到花园。在内罗毕，难道附近的男孩不扔石头吗？我想，这就是摩西想要灭掉所有部落得到的那种房子。花园沿着斜坡伸展开去，平缓地向底部的篱笆倾斜。我能看到花园尽头的树木和百香果灌木。她指了指壁炉旁的一把椅子，那是一把巨大的椅子，椅套和地毯一样是栗色的。我把包放在椅子旁边，转身向她道谢，但她已经走了。我望着壁炉，它打扫得干干净净，好像从来没有人用过似的。我试着想象一个小男孩爬上那个狭窄的洞去清扫烟囱，但是想象不出来。我一屁股坐到椅子上，身子深深地陷了进去，惊得我倒吸了一口气。乡下男孩进城了。

收音机的声音放得那么轻，要找半天才能发现它藏在壁炉的另一边。花园里突然传来一声尖叫，我冲到开着的玻璃门前，想看看是什么。一只灰色的大鸟刚飞到空中，懒洋洋地拍打着翅膀，然后落在了山坡的后面。我想知道他们是否也有宠物孔雀。有人大声笑了起来，我伸长了脖子想找出声音的来源。我回到椅子上，但一直盯着花园的门。

她从右边的拱门回来了。显然，她就是从那里消失的。她端着一个银色的小托盘，上面放着一个大水罐和两个玻璃杯。她把托盘放在离我最近的桌子上，然后在旁边跪了下来。这种亲密关系让我感到不舒服。她微笑着把杯子递给我。

"欢迎你，"她说，"我现在知道你是谁了。我在厨房的时候想起来了。你是我的表哥，对吗？你应该早点告诉我的。爹地跟我说你要来，但我不记得日期了。旅途怎么样？"

爹地！她用的是英文单词。我就知道。我确信他们会用刀叉吃饭，喝下午茶。"我的旅途非常愉快，谢谢你。果汁很好喝。是什么做的？"

"百香果。"她说。她的脸上散落着一些小疙瘩，额头处的已经肿成了粉刺。我一点也不觉得它们不好看。她又笑了，然后举着杯子站了起来。"你一定很累了，"她说，"我去看看有没有备好的房间……也许你想洗个澡，休息一下。你想吃点什么吗？"

她说了声"失陪"，就从拱门下离开了。过了一会儿，我看见她大步穿过花园。我是她的奴隶了。好像光看内罗毕还不够似的，发现自己和这样一个可爱的女孩在同一个屋檐下……当然，我只会远远地崇拜她，当她走近时，我只会细细品味她的味道，希望不时地哄她笑一笑。

　　一个男人从拱门进了房间，我站起来迎接他。他太年轻了，大概三十岁左右吧，不可能是我舅舅。他很瘦，眼睛从脸上突出来，胳膊在身体两侧晃来晃去。我的第一个想法是，他是一个亲戚。

　　"您好。"我用阿拉伯语打招呼说。

　　"早上好，先生。"他用英语说。

　　他低下头，耸起肩膀，双手合十。他走上前来，头低着，稍微向一侧倾斜，弯下腰捡起我的包。我伸手去拿，他向后退了一步，举起手，掌心朝上。我猜测这种表演是具有讽刺意味的。

　　"哈桑先生，让我带你看看你的房间。"他说。他的声音听起来有点生气，尖刻，但从他的眼睛里，我觉得我看到了压抑的笑声。这个混蛋。他指了指拱门对面的另一扇门。他走在我前面，懒得回头看我是否跟在后面。他们对这个可怜的乡下男孩都那么厉害。我想知道在我到达之前关于我的评论。很难相信这个瘦瘦的、穿着体面的人是一个仆人。仆人在工作时间往往穿着破衣服。他领着我走过一条很短的走廊，走廊的两边都是房间。他在左边最后一扇门前停了下来，打开门，示意我进去。

　　房间又大又通风。阳光透过窗户倾泻而入。白色的墙壁和白色的家具使房间看起来更明亮、更干净。这样的舒适，这样的隐私，让我不知所措。我在这所房子的其他地方所看到的本应让我有所准备，但我做梦也没想到会睡在这样一个房间里。床藏在角落里，床脚放着一个大衣橱。床的对面是一张桌子和一把椅子。一盏台灯斜靠在窗下的安乐椅上。

"谢谢你。"我说。

"这是最好的客房。希望你喜欢，"他说，"如果你想洗个澡，我会帮你收拾行李。"

他还提着我的包，边说着这些话，边把包微微抬起，瞥了一眼。"不用，不用。"我抗议道。他似乎畏缩了。"我没有多少东西要收拾。"我解释道。他还在等着，还没有满足，还觉得没有折磨够我。

"这只是一个小包。"我说。

"好的，先生。"他说，放下了我的包。

"非常感谢。"我指着房间说。

他鞠躬了！他向我鞠了一躬。"卫生间在隔壁。"他站在门口轻声说，"我叫阿里。"我是成吉思汗。你好吗？我猜阿里是奴仆的绰号，是他的职业头衔。"如果你需要什么，就跟我说。希望你在我们这儿过得愉快，哈桑先生。"

他在身后轻轻地把门关上，毫无疑问，门一关，他的脸上就露出了得意的笑容。我对着紧闭的门鞠了一躬，想做个下流的手势，但我的心不在这上面。换作我是他，我可能也会这样做的。我拿出一件干净的衬衫，把包放在衣柜里。打开行李只是为了让目光短浅的人开怀大笑是没有意义的。我把衬衫放在床上，然后去找卫生间。

它满足了所有的期望。我脱下帆布鞋，赤脚走在蓝色的瓷砖上。我吸入了厕所消毒剂的香味，并测试了一下窗户上方的小排气扇。我一边洗着澡，一边翻看镜柜里的东西。我确信我能听到空气中传来轻柔的音乐。

艾哈迈德·本·哈利法先生回来吃午饭了。

我正躺在床上，沉浸在我那奢侈的孤独中，为剥夺了阿里的名字而感到懊悔。这时，一阵敲门声告诉我主人来了。我穿上干净的衬衫，对着镜子尝试了几种微笑，选择了最谦卑的那种，然后出发去寻找未来。

阿里领我进了客厅，又领我进了花园，站在一边让我过去。我穿过敞开的玻璃门走到椭圆形的露台上。当我走下通往草坪的台阶时，一阵凉风朝我吹来，嗅了嗅我，然后疾驰而过。乔木和灌木抖动了一会儿，随后安静了下来。我看见一个身材矮小、体格健壮的男人站在一棵树下，正在和那个女孩说话。汗水顺着我的背流下来，我的胳膊有些颤抖。我觉得自己快要出洋相了，但现在也没办法了。他们太专注于自己的事情，没有注意到我的接近。我在几英尺外停了下来，过了一会儿，我转过头来欣赏花园。很明显，他们让我一直等着。草坪上画着白线，被日晒雨淋得褪了色，但依然清晰。多刺的九重葛开着艳丽的花朵——鲜艳的红色和紫色，夹杂着土黄色和淡粉色。露台下面是大片的木槿花丛，打了蜡似的花朵斜视着地面。茉莉花和玫瑰灌木布满了树篱的边缘。九重葛蔓生在花园的一边，恶毒地扭曲着，形成一道无法穿透的屏障。花园尽头的百香果丛沿着铁丝网排列。

沉甸甸的黄色果实挂在树枝上，有一些被觅食的鸟儿啄出了小洞。我站在太阳底下汗流浃背，觉得很可笑。

我感觉到他们转过身来看着我，并听到一阵急促的喘息声。什么！是你吗？我没看见你站在那儿，亲爱的伙计……我猜这就是这喘息想要传达的意思。我向他们走去，伸出右手，脸上和眼里都带着高兴的微笑。我不会闷闷不乐的！我使出了浑身解数。艾哈迈德·本·哈利法先生走上前来迎接我，步子很短，步伐很匀称，故意不紧不慢。他脸上露出愉快的微笑。我猜那是他留给穷外甥们的。他的头发斑白，修剪过的胡子上布满了白色金属般的线条。我张开手，扑向他，虔诚地抚摸着他的手，激动得大口喘气，然后把那只软弱无力的手还给了他。令我惊恐的是，我发现自己很享受这种自卑。我感觉不到自己的脸在微笑。也许是肌肉恢复了正常的阴郁状态。我把嘴唇张得更大，发出有力的笑声。他们俩都开怀大笑，以为我在扮小丑。

"哎呀。"我的艾哈迈德·本·哈利法舅舅说。他的姐姐会为他的成功而感到骄傲，会为他散发的权力和魅力而畏缩。我想起了摩西和他对铁血领袖式人物所做的祈祷。"你可算是来啦。旅途愉快吗？"

我是不是从他的声音里觉察到一丝失望？他是不是希望沃伊①的狮子把我吃了？难道他认为白人奴隶贩子会抓住我，然后把我送到阿姆斯特丹的色情商店吗？他举着我握过的那只手，好像在小心翼翼地不弄脏衣服似的。他看见我瞥

---

① 沃伊（Voi），肯尼亚南部城镇。

了一眼，便把手插进了裤兜。他解开夹克的扣子，轻轻抚摸着裤子的折痕。他将了将自己修剪得很整齐的小胡子。他的眼中依旧笑意盈盈，只带着一丝不悦。他的脸上仍挂着微笑——我现在看清了那种微笑，充满了信心和耐心。他转向女孩，和她交换了一下眼神。她开怀地笑了笑，好奇地看着我们俩。他们以为我是瞎子吗？

"好吧，我们最好别在太阳下呆着了。我们去看看厨师准备了什么午餐好吗？"他问，"你母亲怎么样？她身体好吗？"

他走在我们前面，回头用谨慎而得体的语调说话。这不是一个可以用油腻腻的微笑来蒙骗的人。他不像是那种容易上当受骗的人。他是个令人生畏的人，在我的想象中，他有一大堆当着他的面不允许做的事情，还有一整套的礼仪和礼节，其作用只是为了提升他自己的尊严。我走进了一个狮子洞，一个独眼巨人的洞穴。他那暴躁的脾气哪儿去了？我打算尽量不去探究这一点。谁能想到这个平静自信的钱袋子会像我亲爱的父亲一样爆发出漫骂和下流的话。这不是一个可以用理想主义的知识之爱的故事打动的人。在父亲家的走廊里，蜷缩在15瓦的灯光下，探索人类想象力的瑰宝，没有什么比这更让我高兴的了。我很幸运，先生，有一种永不满足的好奇心……从那时起我就成了一个狂热的读者。

女孩落在我们后面。我停下来让她跟上。她停了下来，他也停下了。他们充满期待地看着我。

"您刚才站在什么树下面？"我问。

女孩耸耸肩，他摇了摇头。我感觉好多了。"这棵树结黑色的小浆果，"她说，"尝起来很酸，就像变质的牛奶。我一直想知道叫什么。花匠肯定知道。"她的眼睛是灰色的。我先前没有注意到这一点。

"来吧。"艾哈迈德先生说，转身朝房子走去。他弹开一只昆虫，然后开始低声哼着什么。他的手在夹克口袋里摸索。他脱下夹克，一只手拿着钱包。我跟着他上了台阶，好奇地睁大眼睛四处张望——一个求知者。

"你说你母亲身体很好是吗？"他在昏暗的房子中问道。女孩从我身边走过，站在她父亲身边，依然沉默不语，似乎是出于习惯。我看见她换掉了她的无袖上衣。

"是的，"我说，"他们俩都很好，谢谢您。他们让我向您致以最美好的祝愿。"

他在屋子里显得矮了些，脱了夹克显得更胖了些。阿里在拱门前闪现了一下，看看我们是否在那里，然后又消失了。舅舅示意我跟着他走。我们穿过拱门进入一个明亮的小房间。一扇门通向厨房。我是靠嗅觉得出这一结论的。一张椭圆形的大桌子上铺着一块棕色的桌布，上面放着闪闪发光的勺子和叉子。我之前就担心会是这样。我一看到这房子，就知道他们会是用叉子的人。还有那声爹地。

"您的房子真漂亮。"我说。

艾哈迈德先生笑了。"如果你不喜欢的话，不必使用这些工具。"他说，一边懒懒地朝那些金属餐具挥了挥手。"阿里喜欢把桌子摆得好像我们在参加宴会一样，即使他只是给我们端上一碗汤。"他坐在椭圆形桌子的上首位，坐下时深深地叹了口气。女孩看了他一眼，他微笑着让她安心。

她在我对面坐下，眼睛低垂着。我什么都准备好了，但没有想到椅子会很柔软，也没有想到靠背会很结实。

他们一起进城去了，留下我在家里休息。我躺在房间的床上，试着想想如果这是在家里，我会做些什么。这是一种鼓励自己的尝试，但只会让我感到想家。我想起了我的父母，以及他们对我动身的兴奋之情。我想知道那一刻他们是否也在想我，想知道我这边的情况如何，想象着我的胜利。我已经感到自己对舅舅和他女儿给我的待遇有些冷嘲热讽。我躺在床上，回顾着我与他们的第一次见面，决心从我的行为中找出讽刺的意味，注意到它，并从我今后与他们的交往中抹去。

我睡着了，这是我在下午从未做过的事。阿里来叫醒我时，外面天快黑了。即使我大声说我醒了，他还是继续敲门。

"进来。"我喊道。他推门进来，打开灯，咯咯地笑了起来。这是毫无疑问的。他站在门边，微笑着，像个阴谋家一样招手示意。他的嘴张开又闭上，慢慢地咀嚼着。他继续演着哑剧，搓着手，然后朝脸上抛着空气。我点点头，表示我明白了。饭准备好了，我可以去洗漱了。他喝醉了吗？他挥手告别，像小孩子一样扭动着手腕。他给了我一个大大的微笑，然后离开了，轻轻地关上了门。我急忙跑到洗手间。下午睡了这么久，我知道晚上肯定睡不着。我一定比我意识到的还要累。

我换了一件干净的衬衫，这是一天之内第三次了。上床睡觉前我得洗些衣服。帆布鞋不见了。我在门外找到了它们，被人清洁和呵护过，侧边也修补好了，帆布又亮又硬，鞋头上的洞又黑又破，像个难看的伤口。

他们在客厅里等着，埋头坐在深红色的椅子上。收音机轻声播放着。舅舅站起来迎接我，微笑着把我带到椅子上。他换上了一件宽大的白色短袖衬衫，口袋里鼓鼓囊囊地装着烟袋和烟斗。

"休息得好吗？"他笑着问我，"不习惯旅行，是吧？比你想象的要累，不是吗？"

他坐在我对面，面带微笑，态度很友好。这就是我在美好时光里想象的他的样子：宽松的衬衫，鼓鼓囊囊的烟斗和烟草，就是一个和蔼可亲的富商形象。收音机紧挨着他的头，他俯身把它关掉了。女孩对此感到不安，在恼怒显现之前，她迅速把目光移开了。不过他看到了，对着她避开的脸笑了笑。她又换了身衣服，现在穿着一件宽松的米色上衣。它有一种暗淡的、看上去很昂贵的光泽，我怀疑是丝绸做的。她看起来漂亮、沉稳、有主见。她父亲瞥了她一眼，眼神里明显带着骄傲。她看了看我的鞋子，笑了。

"中国货。"我说，想用这个解释来为它的破败开脱。

"啊。"她说。她用力绷紧脖子，向前伸展，仔细看了看我的鞋子。我瞥了一眼她隆起的乳房，赶紧垂下眼睛。"一件艺术品。"她说，嘲笑我的紧张。

她父亲也倾身向前，一副严肃认真的样子。"这个洞是鞋子自带的，还是你特意弄上去的？"

我和他们一起微笑着，把这种揶揄当作一种欢迎。我试图想出一些聪明而又自嘲的话来说，但我所感到的只是一种怨恨，因为我被迫谈论鞋子。"它的情况糟透了，是不是？不过，确实物有所值。"

"你们家里现在有很多中国产的东西吗？"他问，"我在这里看到的中国货质量都很差。"

"中国货便宜。"我说。

"买着便宜，用着贵。"舅舅说，对自己的聪明才智咧嘴一笑。

"不管你花多少钱买这样的鞋子，我都觉得不值，"女孩说，"你应该把它送人。"

她说这话时没有笑，片刻之后就把目光移开了，扭开的脸上露出一丝羞愧。阿里过来叫我们吃饭，把我可怜的鞋子从炼狱里放了出来。食物已经摆在桌子上了。阿里在厨房门口徘徊，脸上挂着傻笑。艾哈迈德舅舅向我眨了眨眼，表示他知道那个仆人的举止很奇怪。

"今天晚饭我们吃什么，阿里？"他问，"我希望你记得我们有一位客人。你为我们准备了什么好吃的？"

我本可以告诉他的。我一睁开眼睛就闻到了它的味道，我的鼻子清清楚楚地闻到了比尔亚尼饭①的味道。阿里没有回答，只是把盘子排在大陶罐前面。当我们都坐下后，他打开盖子，得意地对我们笑了笑。

"是比尔亚尼饭。"女孩喊道，高兴地拍了拍手。

---

① 比尔亚尼饭（biriani），一种南亚菜饭，米饭中加入肉、鱼或蔬菜，并用多种调料烹制而成。

我挣扎着不让自己被奔流不绝的口水淹死。这个哑剧是给谁看的？他们肯定知道是比尔亚尼饭。谁会弄错这道高贵菜肴的香味呢？阿里一勺又一勺地往盘子里堆。黄色的饭粒在盘子上闪闪发光，像一块块石英。大块大块的肉蹲在米饭中间，滴着汤汁和油。在我的坚持下，他最后一个端上我的盘子，我让他把盘子里的饭堆得高高的，直到我觉得再要的话，就会从幼稚的小丑变成贪婪的粗人。他带着厨师的喜悦咧嘴笑了。我的手在肉和米饭之间滑来滑去。我吃了一口，慢慢地咀嚼着，被骨髓般绵软的肉的香味所征服。阿里高兴地张大嘴巴看着。我心满意足地叹了口气，他们都笑了。作为奖励，阿里又给了我一块肉。这就对了嘛，我夸着自己。一个穷亲戚，太像个小丑了，都没有意识到他把自己弄得多么狼狈。乡下男孩来到城里，就像一个劳改过的拾荒者一样，对每一口像样的食物都垂涎三尺。

　　"你喜欢吗？"阿里带着高高在上的喜悦问道。吃饭期间，他一直在我身边，问了一些我个人发展的问题，补充了一点这道菜的历史信息，从它的成分到制作过程，消解着我这个乡下人的自我认同。我告诫自己不要做得太过火，否则他们会认为我在嘲笑他们。阿里时不时会发现滚落的饭粒下还埋着一丁点肉，他会高兴地大叫一声，把它拖出来放在我的盘子里。他们这是要育肥我，等着……？每次我停下来，他就变得焦虑起来，等着我接着吃。他在谈话中讲了许多关于食物的趣闻轶事。我很惊讶舅舅竟然让他这么说下去，我开始怀疑他是不是我不理解的一个复杂的私人玩笑的一部分。阿里和那个给我们提供午餐的傲慢的仆人完全不是一个人了。我想，也许这就是他真实的样子。也许我先前看到的那个轻蔑的人，不是一个处于最佳状态的人，而是一个悲观思想和悲剧预言的受害者。他在我身边蹦蹦跳跳的样子有点失控。艾哈迈德先生没有表现出不耐烦，他笑了，对阿里的表演很感兴趣，觉得很有意思。

我听到他称呼他的女儿为萨尔玛。长着一双美丽的灰色眼睛的萨尔玛！当然，重要的是没有人告诉我她的名字。我不能把她看作是我可以随心所欲地称呼的人。她不怎么说话，满足于用她的眼睛来跟踪谈话。她被我的小丑表演逗乐了，但她很疏远，心不在焉，仿佛置身事外。她偶尔也会露出一丝微笑，就像看着一个讨厌的孩子玩耍时那样。吃饱了之后，我靠在椅子上，为晚上的表现感到羞愧。

"现在我知道有钱是什么滋味了。"我对主人笑着说。

这样说是不对的，既不得体，又带有一丝责备的意味。艾哈迈德先生不悦地笑了笑，接受了我对自己贫穷的关注。萨尔玛看着我，好像刚刚注意到我似的。这让你坐起来了，是吧，小宝贝？嗅到了空气中的革命气息。阿里终于离开了我，我意识到他紧挨着我的肩膀坐着让我多么紧张。我又瞥了萨尔玛一眼，惊讶地发现她还在看着我。我内疚地看着艾哈迈德先生。他盯着她看。她的目光一与他的接触，脸上的笑容就消失了。她回敬了他的目光，我看见她像刚才对我那样把下巴向前伸着。我焦虑地看着这出小闹剧。我不想让舅舅开始怀疑我。当然没有理由！我的魅力和迷人的外表肯定还没有伤到她的心！我想让他认为我是一个无害的、可笑的年轻人，一个值得他慷慨解囊的白痴。当然没有必要惊慌！

女孩又转向我，笔直地坐在她的椅子上。她的眼睛里充满了愤怒。他轻轻地笑了笑，做了一个失败的小手势。他在这一点上让步了，她用委屈的目光回望了他一眼。我想知道他们以为我是怎么接受这一切的。我试着想象父亲做了那个失败的小手势，那个画面太不现实了，我忍不住笑了起来。他们都看着我，我从他们的眼睛里看出，他们以为我在嘲笑他们的小闹剧。

"你会在我们这里住很久吗？"短暂的沉默之后，萨尔玛问道。

我望着艾哈迈德先生，希望他能对我的前景有所暗示。他把目光移开，瞥了一眼厨房的门。"我们为什么不去客厅呢？等阿里想起来了，他会把咖啡送进去的。来吧。"

当他从桌子边上站起来时，他瞥了一眼我的手，现在那上面沾满了油脂和藏红花。他们用了勺子。他脸上掠过一丝厌恶的表情。"对不起。"我说，然后匆匆跑到卫生间洗手。我看着镜子，想知道我还得忍受在艾哈迈德·本·哈利法先生的家里做客多久。我回去时，他们正在谈论阿里。

"他喜欢你，"萨尔玛说，"我想，你是受欢迎的……"

"他又开始抽大麻了，"艾哈迈德先生不耐烦地说，"他每天晚上都抽。"

阿里端着咖啡进来了。他看上去急匆匆的，把托盘放在桌上，一言不发地走了。父女俩交换了一下眼神，接着艾哈迈德先生摇了摇头说："他现在要去打他老婆了。一旦有点什么事……比如你今天的到来……他就会抽得太多，举止像个傻瓜，然后就打老婆，可怜的女人。他们只知道这些……

大麻、女人和暴力，还以为自己能够治理这个国家。"

萨尔玛站起来倒咖啡。"要黑的还是白的？"①她用英语问。我一定看起来很困惑。她笑了，想起我早上介绍自己的方式。"你的咖啡要加牛奶吗？"她问。

"不用了，谢谢。"我犹豫地说，生怕又闹笑话。

"加点吧，"艾哈迈德舅舅坚持说，"牛奶和糖会让咖啡味道更好，不像你们在海边喝的那种苦东西。尝一尝……给他倒点，萨尔玛。"她递给我一个杯子，里面装着一种浑浊的、味道令人作呕的液体。我咂着嘴唇，一边啜饮，一边愉快地哼起了歌。她笑了，而她的父亲则因我的无知而举目望天。

她站起来从我身后的书架上挑了一本书，站在我的椅子后面，慢慢地翻着书。当她漫不经心地做出如此普通的动作时，我为她的亲昵感到兴奋。她回到自己的椅子上，把椅子稍稍挪了挪，让光线照得更亮一些，然后开始自得其乐。从我坐着的地方看，书名像是《精选平原》。她把书摊开放在她蜷缩的大腿上，拳头支着下巴，然后埋头读了起来。

艾哈迈德先生通过半闭的嘴唇发出刺耳的嘶嘶声，目视着前方。突然，他像一个受了鼓舞的人一样站起来，打开了收音机。他在一堆书中翻找，拿出一本相册。他一句话也没说，只是带着灿烂的微笑把它递给了我。晚上剩下的时间里，我们都在看这些照片，里面没有萨尔玛母亲的照片，艾

---

① 黑咖啡（black coffee）和白咖啡（white coffee）的区别在于是否在咖啡中添加牛奶（或奶油和糖）。

哈迈德先生也没有提到她。

萨尔玛决定上床睡觉时，时间还早。她轻轻道了声晚安就走出了房间。看到她走我很难过。即便她只是安静地坐在椅子上，对我来说也是一种安慰。她走后，我发现更难抑制自己打呵欠了。最后，艾哈迈德先生为我长途跋涉后这么晚才睡而道歉，并坚持让我去睡觉。我离开了，留下他一个人抱着相册，全神贯注地寻找他的烟斗。

我醒来时，眼睛里充满了阳光。一扇窗户开着，我闻到了空气中的湿气。不管我怎么躺，床都是柔软的。床单是新的，有点僵硬，还带着淡淡的香水味。一声柔和的鸟鸣从窗户的网格里飘了进来。空气中弥漫着外面生长的植物中那绿色汁液的气味。我不愿动弹，沉浸在记忆中，回想着我醒来之前的那个梦境。

窗户上的细网格打破了太阳的力量，光线散射到整个房间，增加了房间的不真实感。我翻了个身，闭上了眼睛。一辆汽车开过来，嘎吱嘎吱地从房子前面驶过，疾驰而去。我觉得我可以永远躺在那里，躲避把我带到这个避难所的事情。

我无法想象自己伸手向艾哈迈德先生要钱。我已经看透了，猜他不会给我任何东西。我知道他有些看不起我，并不是因为我做了什么或说了什么，而是因为我来这里的目的，我的身份。除了可能让他对我产生怀疑，我在饭桌上的小丑表演应该没有发挥任何作用。他因为萨尔玛对我所说的话表现出的短暂兴趣而感到愤怒，不是因为他担心她的德行，也不是因为他认为我是偷偷来追求我富有的表妹的。如果那样的话，他会让我立马走人。我觉得他想保持一种敌对和拒绝的气氛，要表现得热情而得体，但要堵死那些能让我寻求帮助的路径。这就是为什么萨尔玛假装不知道我的到来。我无法相信这一切都是计划好了的，但我可以想象艾哈迈德先生对萨尔玛说：他来这里是要钱的，所以不要鼓励他。我可以想象萨尔玛，以她平静而自信的方式，期待着温柔地让乡下男孩找到自知之明。他干吗不直接拒绝呢？

我原以为如果舅舅表现得难以对付，我就不得不提及——尽管，我的舅舅，提起这件事让我很痛苦——我母亲的遗产。见过这个人，尝过他自鸣得意的优越感之后，我想我现在做不到了。也许是因为遗产的关系，他邀请了我，想看看这个问题是否还存在，看我是否会提出这个问题。我能想象出他对这种假设的蔑视。这个穷亲戚毕竟不是来寻求帮助的，而是来要求某种想象中的继承权的。

然后我开始想，也许我对他们不太友好。他还能拿我父亲的信怎么办呢？也许他认为我会喜欢这个假期。我开始为给他们带来的麻烦感到内疚。我是一个令人难堪的人，而我扮演的小丑所做的一切只是让他们怜悯和鄙视我。他们本可以对我更糟糕的。我对此不抱任何幻想。我想，如果我知道有什么办法能让我不在父母面前像个傻瓜，我一定会很高兴地离开。

我到那儿的时候，厨房里一个人也没有。房间被漆成深浅不一的蓝色。碗柜沿着墙壁排列，铝制水槽在窗户下闪闪发光。两个高大的冰箱并排放在后门里面。我对这一切的干净和有序赞叹不已，而当我们家后院被烟熏黑的洞浮现在我眼前供我比较时，我暗自笑了。我在房子里没有看到任何蟑螂的迹象，这并不使我感到惊讶。它们吃什么？我看不到任何食物。

窗边的架子上放着带塞子的玻璃罐，让人想起学校实验室长凳上一排排的标本罐，里面装着的东西看起来像是浸泡在浑浊盐水中的尸体块。我想在碗柜里找一找，说不定能找到些面包。我找到一罐咖啡。当阿里从后门进来的时候，我正坐在那张蓝色的格子胶木桌子旁，等着水开。他冷冷地看了我一会儿，太惊讶了，以至于无法确定自己的面部表情。我看见他在考虑是否要在我面前生气，然后他咧嘴一笑。

"再来点比尔亚尼？"他问。

他提议早餐吃鸡蛋。他穿着破旧的百慕大短裤和一件旧网球衫。他的左小腿后侧被一块巨大的伤疤弄得很难看，我注意到他避免把整个身体的重量放在左腿上。他在我身边忙来忙去，把我放在炉子上的锅倒空，又给水壶灌满水。他从橱柜里拿出一盒鸡蛋，问我要牛眼蛋还是摊鸡蛋。他解释说，牛眼蛋是一种蛋黄未破的煎蛋。吃鸡蛋是一种难得的乐趣，我馋得直流口水。

"他们进城去了。"他说着，转过身来对我微笑，"他们等你了……但你在睡觉。你喜欢睡觉，是吗？快迟到了。萨尔玛小姐每周有两天上班，老爷不喜欢迟到。"

他又笑了，理解但并不原谅我起晚了的过错。"旅途一定很累。"他说。我猜他一定快四十岁了，瘦小枯干，但他的矜持给了他一些尊严。我无法想象他会打他老婆。那天早晨，他似乎成了一个绝望的、失败了的人，却装出一副对这位他获准不喜欢的客人感兴趣的样子。他洋洋得意地煎着鸡蛋。我最喜欢的就是给一位睡到十一点多的年轻客人煎鸡蛋。他不时给我看半张脸，目光锐利地盯着那个油腻的、冒着热气的平底锅。

"我从来没去过海边，"他说，"我听说过很多……只有一天的路程，但我总是找不到时间。你喜欢把鸡蛋翻过来煎一下吗？如果你需要的话，我会把早餐送到餐厅里去。"他说话时夹杂着英语和斯瓦希里语，但斯瓦希里语逐渐占了上风。

"呃，呃。"他说着，迅速关掉水壶。他给我倒了一杯咖啡，放在我面前，又把一整条面包切成片放在我面前，然后给我端来煎鸡蛋。"我听说过很多事。"他说，从浓眉下瞥了我一眼，"非常有趣。"他亲切地说了这句安慰话，然后朝水池走去。

煎蛋很好吃。阿里在咖啡里加了牛奶。我无可奈何地抿了一口。"我听说海边的人都很文明。"他说，脸上露出谄媚的微笑。我笑了。他的脸抽搐了一下，仿佛一阵内心的痛苦闪过。

"人们都这么说。"我说，以为我伤害了他。

"但这是真的，不是吗？"

"鸡蛋味道不错。"我说。

"别客气。"他随口说，"一位朋友告诉我的。他说那里的人都很文明，说他们从不粗鲁无礼。"我不知道他是不是在跟我玩游戏——还有很多话是没有说出口的。他一定是遇到过来自海边的人，一定知道他的朋友太宽厚了。也许他只是在说海边的人都是外国人，而他善意地告诉我外国人是多么好，好让我安心。

"你的朋友是从海边来的吗？"我问。

"不。"他说，咧着嘴笑了，好像在争论中抓住了我的把柄，"不，不，不。他来自托罗罗①，但他在海边生活了很多年。他告诉我那里有一些流氓"——抹去了一个小瑕疵——"但他说真正的海边人是不同的……善良而且文明。"

"我想你的朋友没有说实话。"我说。

他的眉头稍稍皱了一下，掠过一丝恼怒。我感觉到他在退缩，再次看着我。这时，他的眼睛里出现了一种新的恶意的神色。"你说他撒谎。他是说了一些坏话。"他犹豫了一下，不是带着痛苦的不确定感，而是出于谨慎，在接近受害者之前试试水。我鼓励地笑了笑，邀请他的恶意，渴望受到羞辱。他把脏盘子清理干净，这使他的怨气更浓了。当他转过身来面对我时，他的微笑中带着一种做作的焦虑，好像在为他被迫说的那些伤人的话道歉。

"他说他们是聪明人。他们总是欺骗你，但你不能称之为偷窃。"他又笑了，我等着他继续说。我想我知道他要说什么。"那里有很多阿拉伯人。"他又犹豫了一下，脸上露出厌恶的表情。"他说男人和男人发生关系。你知道，他们从后面进入对方，就像狗一样。"

---

① 托罗罗（Tororo），乌干达东部边境城市。

他现在坐了下来，与我隔桌相对。他慢慢地摇了摇头，把脸转开。"太肮脏了……像动物一样！"他眉头紧锁，仿佛充满了恐惧和惊愕，但眼中却是欣喜若狂。他看着我，想听我解释。见我没有回答，他摇了摇头，嘴巴微微张开。"男人不应该那样，"他说，"他们拿这些人怎么办？会把他们关进监狱吗？"

在那个可怕的时刻，我怀疑阿里这样做是不是受到了指示。我想起了父亲和他的耻辱，我真希望我能离开那所房子，回到他们身边，告诉他们我们不配得到更好的待遇，全世界都鄙视我们。阿里回到水池边洗碗，暗自笑着。我又给自己冲了一杯咖啡，这次没加牛奶。"我听说，"他压低声音说，"白种女人跟她的狗这么干。听说她们让狗舔自己的身体。一个为欧洲人工作的朋友告诉我的。你觉得这是真的吗？他说她身上到处都是印记。"

我耸耸肩，对他笑了笑。他那双大眼睛茫然地盯着我。在这种无可指摘的中立态度的庇护下，对恶意的短暂放纵现在已经结束了。"今天会下雨。"他说。

记忆刻骨铭心。今晚会下雨，那天晚上我们坐在后院编造着这个幻想时，母亲说。我走到外面的花园里。群山在我面前绵延起伏，时而上升，时而又向远处退去。这里的光线不像家里那么刺眼，更加柔和。我沿着羽毛球场上用粉笔画的线条漫步走向树林。篱笆后面是大片的田野，上面长满了高大的棕草。远处的群山似乎消失在一片薄雾中，仿佛成了天空的一部分。篱笆附近有两只冠鸟，它们对我的出现毫不在意。我停了很久，看着它们。最后，它们的眼神变得多疑起来。当它们的脖子激动地摆动时，光线从它们闪亮的灰色羽毛上落下，变成黄色和绿色的闪光。

我走回树林，在一棵木棉树的树荫下伸展四肢。我猛然惊醒，惊讶地发现自己竟然又睡着了。头顶的天空变了，阳光不再透过树林照射进来，调皮的、散乱的云点消失了，被一团巨大的、肮脏的、吓人的东西吞没了。空气很重，像温室里的气息。云也在运动，像幽灵的灵质。空气中有一种期待的寂静。远处传来一声尖厉的叫声，似乎是从山上传来的。

我等着下雨。我感到极度的昏昏欲睡，被打败了。雨来了，突然而猛烈。我在雨中淋了一会儿，从它的威力中汲取力量。然后我起身向房子跑去，两步跳到露台上。

他们下午晚些时候回来时，我正在房间里。我看见萨尔玛绕过树篱的拐角，沿着小路往房子走来。她解开了发髻，头发梳到了后面，这使她的脸显得更瘦、更硬朗了。我想她用眼角瞟了一眼我的窗户，也许她看见我在那里了。过了一会儿，艾哈迈德先生开车过来。我去了客厅，免得他们觉得我孤僻无礼。艾哈迈德先生发火了。我听到他的声音从厨房传来。萨尔玛站在露台上，一边喝着软饮料，一边眺望着被雨水浸透的田野。

"休息得好吗？"她问，看起来又累又可怜。

"太好了。"我说，靠着她旁边的阳台墙坐了下来，"我今天早上去了那里，在那棵木棉树下睡着了。瞧，我的咖啡杯还在那里呢。"

她朝我摇摇头，笑了。"你一定是得了什么病。"她说。

　　"可能是因为这里的空气。"

　　"我得去洗个澡。"她说。她把杯子放在露台的墙上，然后走了。艾哈迈德先生走过，大声打着招呼。"哈桑，你终于醒了。"

　　"我在度假，不是吗？"我回答说。

　　艾哈迈德先生说他晚餐要吃清淡一点，于是阿里不得不回到厨房重新考虑这顿饭。他把我们叫到桌边的时候，天色尚早，阳光仍然透过餐厅的窗户照进来。

　　"他在哪里？他把我们带到这里，让我们一直等。这家伙是个白痴。阿里！"艾哈迈德先生向后靠在椅子上，等着阿里回应他的呼唤。

　　萨尔玛用手托着脸，胳膊肘搁在桌子上。窗外射进来的光线把她的上唇照得很清晰。我感觉到艾哈迈德先生的目光落在了我身上。

　　"雨好像停了。"我对她说。

　　她点点头，但什么也没说。艾哈迈德先生的手指在桌子上疯狂地敲击着。他愤怒地咯咯叫着，快要站起来了。我瞥了萨尔玛一眼。她坐起来，准备起身。在第二声爆炸性的咯咯中，她站了起来，匆匆绕过桌子。阿里从门口走了进来，胸前压着一个盖碗。

　　"你在忙什么呢？"愤怒的主人问道。他看了一眼表，又向桌子四周看了看，希望得到大家的同情。我们静静地坐着，阿里把汤盛好，在我们每个人面前放了一碗。我害怕在沉默中吞咽，小口地喝着汤，牢牢地控制着喉结的运动。艾哈迈德先生喝完最后一勺汤就离开了，嘴里敷衍地嘟囔了一句失陪了。

萨尔玛叹了口气。"我觉得今天不太好。"

"今天过得怎么样？听说你上班去了。"我一边说一边看着她，看到她嘴角的肌肉放松了一些。她看起来仍然很难受。"你做什么工作？"

"我只是在一家书店做兼职。"她说，把双手藏在桌子底下，"我想在上大学之前休整一年。爸爸觉得我很愚蠢，但我不想中学毕业接着上大学……就像流水线一样。我想做些不同的事情。"

"像在书店工作这样的事情？"

"是的，我知道。这个工作非常平淡无奇，不是吗？我要是个男人，就会在山地农场找份工作，或者报名当水手。"她微笑着说。

"去当猎手，专打大猎物怎么样？"我建议说。

"很有趣。"她说，"你不知道说服爸爸让我工作有多难。他说别人会说闲话的。最后他给我在书店找了份工作，只是为了让我闭嘴。它不是……很冒险，但总比没有好。不知道阿里还给我们准备了什么吃的？"

"希望不会又是比尔亚尼。"

我说这话时她做了个鬼脸。我意识到我说这话是一种道歉，而她做的鬼脸是在说，别提这件事了，它不重要。

"你明年会去内罗毕大学吗？"

她点了点头。

"我遇到一个人，他是那里的学生，"我说，"我们一起坐火车来的。"

"他一定是研究生，"她想了一会儿说，"本科生上周就放假了。"

我对摩西·姆维尼有了新的认识。如果他是研究生，他不会忘记告诉我的。我更加期待再次见到他。

"你今年高中毕业吗？"她问我。

"是的，"我说，"和你同届。"

"你的考试成绩还好吧？"

我解释说政府还没有公布考试结果。一旦开始，我发现自己就停不下来了。她一声不吭地听我说。当我坚持说我确信自己考得很好时，她笑了，但这并不像是嘲讽。阿里端来一盘水豆和一盘飞饼，打断了我们。他对萨尔玛做了一个滑稽的鬼脸，她咧嘴一笑，不再紧张，摇了摇头，不让他说任何关于艾哈迈德先生的事。

"所以现在事情变得非常困难了？"阿里走后萨尔玛问道。

"是的。"我说，不愿继续这个话题。

"是歧视吗？"她问。这个词听起来很单纯，出自一个还没有完全体验过它的肮脏的人之口。我感觉到她语气中有些怀疑，有些不愿相信她期待我做出的回答。

"差不多吧。"我说。

"像什么？"她皱着眉头问道。

"比如……是的。存在歧视。人们之所以成为受害者，是因为他们没有黑皮肤。这是报复。他们正在偿还他们欠下的债。人们害怕。严酷的事情发生了。残忍的事情发生了。我想这最终会伤害到所有人。我认为这对每个人都不好。我们最终都少了一点人性。"

我感觉到她的抗拒。我又吃起了飞饼和豆子。我们沉默了一会儿，然后她开始谈论尼日利亚的战争。如此稳定的国家……非洲将何去何从……我们会像拉丁美洲一样。艾哈迈德先生在客厅里咳嗽。萨尔玛立刻停了下来，和我一样惊讶地发现，他一直坐在那里。她用唇语说：我们最好进去。

"我想去散散步。"吃完饭后我说。

当我从他身边走过时，艾哈迈德先生从一沓文件中抬起头来，但他什么也没说。我犹豫了一下，想停下来解释一下。我觉得他们不想让我碍事，他们有话要对彼此说。

外面很潮湿。我走在深深的黑暗中，被夜晚的喧闹声惊呆了。我在小镇长大，房子左右两边都有小巷，蟋蟀和蝉躲在房间的角落里，发出试探性的吱吱声。在内罗毕的农村，它们尽情歌唱，在夜空中恣意地飞舞。我走了很长时间，路过的那些大房子庭院里的灯光照亮了我的一段路。是那些狗把我赶回来的——一群拾荒者，停下了工作，饶有兴趣地看着我。回来时，我发现露台的门没有上锁。萨尔玛和她父亲都不在，但气氛很紧张，很不安，我猜想他们在我不在的时候打了起来。我希望与我有关。

我听到一个女人在尖叫，忙跑到厨房去看看发生了什么事。我猜是阿里在锻炼他的男子气概。我站在黑暗中，向玻璃门外望去，想知道能否分辨出阿里的拳头落在他老婆脸上时的形状和威力。

躺在床上，我只能想到萨尔玛。无论未来几年会发生什么事情，我知道我永远不会忘记她。我躺在床上，想知道被一个像她这样的女孩需要是什么感觉。我想象着她早上转向我，让我和她一起去鲁文佐里……甚至到加扎勒河……或者一路到亚历山大。我想问她关于她母亲的事，以及她的沉默。

我本打算早点起床，以示诚意，但我醒来后发现艾哈迈德先生已经走了。我本想搭他的车进城，顺便问问去内罗毕大学的路。和萨尔玛谈起摩西让我想起我是多么喜欢他，他看起来是多么活泼，多么率直。我想看看他是不是真的骗我说他是学生。谎言无关紧要，甚至可能是性格使然。只要练习熟练，谎言就会脱口而出，满足当时的需要。去见他也将是我宣布独立的一种方式，表明我在乞讨任务之外还有自己复杂的生活。

我发现阿里坐在厨房的桌子旁，睡得正香。我试图再次踮起脚尖走出去，但他动弹了一下，把从嘴里垂下来的长长的口水线吸了回去。他咧嘴笑了，都不需要费时间甩掉脑袋里的睡意，用攥紧的拳头揉揉眼睛，或者懒洋洋地挠挠肚子。他二话没说，笑着站起来，开始给我煎鸡蛋。

"我听说海边有很多大商店。"他说，忍住了一个哈欠。

我跑到客厅，听到身后的阿里惊讶地嘶嘶叫着。雨又下起来了，我站在敞开的玻璃门旁，望着空中一道道细细的斜线，感觉自己就像在监狱里一样。

"是不是很漂亮？"萨尔玛问道。她脖子上围着一条黄、棕、红三色条纹图案的围巾，一边打结，两端下垂，像两只耷拉的耳朵垂在肩膀两侧。她的头发从面部扫开，就像我第一次见到她时那样。她站在敞开的门边，靠在门框上，像个老电影里的坏女孩。"看看田野。很漂亮吧？看起来是不是很浪漫？"她扭头看了一眼成吉思汗，他站在拱门处，一副受伤的样子。"阿里，山上有人吗？有人住在山上吗？你不知道？爹地说那里没人住，但我确信他弄错了。"

"我不知道，小姐。"他咕哝着，决心要表现出他的伤痛，"你的早餐准备好了，哈桑先生。"

萨尔玛瞥了我一眼，想从阿里的声音里听出一丝委屈。正是这个眼神证实了这个聪明的人正在表演一场我还不明白其目的的游戏。

"你去过那儿吗，阿里？"她用新的气喘吁吁的声音问道。她似乎有了一个奇妙的发现，于是停下来喘了口气，深深地吸了一口山上的空气。阿里看了我一眼，想笑，但忍住了。他垂下眼睛，没有回答。"也许你在这儿的时候我们可以去那儿。"她突然转过身来对我说，"你想去吗？我们可以去野餐。"

直到天涯海角！到即将来临的隆隆风暴中去……一路到亚历山大！没有火焰或沙漠能阻挡我们前进的道路……无论何地，除了去泥泞的小路上看农民的小屋，看他们在贫瘠的山坡上挣扎着谋生。雨点拍打着空旷的田野和天空，从我所在的地方看，已经足够美丽了。

"不，我不想去。"我说。

她笑了。"不，我也不去。我们只会发现确实有人住在那里。"她说着，走在我前面，向餐厅走去。"他们会盯着我们，愤怒地嘟囔着回答我们的问题，还试图卖给我们一些我们不想要的东西。好吧，我只是说说而已。听着，我一会儿要进城，去看一个内罗毕大学的朋友，我想你可能也想去看看你的朋友。"她说这话时微笑着，但我感觉到了她的忧虑，好像担心我会拒绝她的邀请，或者可能会误解她的意思。我很感激她努力表现得如此活泼开朗，试图让我感到宾至如归。

"我很想去，"我说，"这正合我意……"

我们坐在桌旁，阿里轻轻地把盘子里的鸡蛋滑到我面前，但脸却歪了过去。他给萨尔玛拿了一个柚子，从果核处切成了两半。

"我可不想在三十岁的时候显得很胖。"她说，看到我吃惊地瞥了一眼那个被鄙视的水果。"遗传。看看我爸你就知道了。我们家的人都这样。"她漠然地笑了笑，好像脑子里在想什么完全不同的事情。

"你姑妈……我母亲，她不胖。"我说。

她摇了摇头，然后把目光移开，不想让我问这个关于她母亲的明显的问题。"我们得等到雨停了才能走。"她说。

最后，我们离开的时候还在下雨。她看见公共汽车在房子附近的车站停了下来，就跑了出来，挥手叫我快点。我想她急于在艾哈迈德先生回家吃午饭前离开。

"我们没有多少时间了，"上车后她说，"我只想买几件东西……给我朋友玛丽亚姆的礼物……我觉得你需要一双新鞋。然后我们就去玛丽亚姆那里。"

"玛丽亚姆不喜欢我的鞋子吗？"我问。

"玛丽亚姆会喜欢的。她是个很浪漫的人，非常不切实际。她不喜欢任何平常或正常的东西。她的家人住在内罗毕，但她坚持要在大学里住宿舍。以后你就知道了，她认为自己是一个伟大的反叛者……而且总是想做别人不喜欢的事。她让大家很抓狂。"

"她听起来不错。"我说。

我们去了肯雅塔大道，在人群中挤来挤去，和人行道上的小贩争论不休。人行道上泥泞不堪，挤满了互相绊倒和踢脚的人。一个固执的街头小贩看上了我，执意要把一块精工镀金腕表卖给我。萨尔玛鼓励他，告诉他我是拉穆①富豪的儿子。最后我们逃到沿河路，逛遍了这条街上的每一家服装店。我最强烈的意识就是我是和她在一起，不时地和她擦身而过，欣喜于她向我征求意见。我喜欢对面料的质地或设计的粗陋进行权威的评价。她怂恿我继续下去，让商贩们感到不安，迫使他们降价，最后在我仍然不买账的情况下，却又反过来去博取他们的同情。时不时地，我就会看到别人的目光在我身后徘徊，我怀疑自己是不是过分扮演了自己的角色。她坚持让我试穿了几双我知道我买不起的鞋子。我买了一双帆布鞋：香港制造。

---

① 拉穆（Lamu），位于肯尼亚东北部的岛屿。拉穆古城是肯尼亚最古老的城市，已作为"最古老、保存最完好的东非斯瓦希里定居点"列入世界遗产名录。

我们走进一家精品店——天花板上挂着彩灯和金箔——所有的衣服都有外国标签，价格虚得可笑。萨尔玛给玛丽亚姆买了一条围巾。至少你知道它的品质，她说，给我看玛莎百货①的标签。店里有一家咖啡馆，我们停下来吃了个冰淇淋。冰淇淋装在独木舟形状的大盘子里，上面涂满了水果酱和坚果。在混合物中间放着一块巧克力薄片，在这种背景下，它看起来就像一坨硬化的粪便。我强忍着不笑出来，因为萨尔玛似乎正饶有兴趣地打量着她那艘五颜六色的驳船。当我把第一勺冰淇淋送进嘴里时，我钢铁般的决心崩溃了，我歇斯底里地把冰淇淋和坚果喷得满桌都是。

　　我什么法子都试过了。我闭上眼睛，我要了一根吸管……我看着萨尔玛津津有味地吃着她的冰淇淋，但我吃不下那个冰淇淋。我们离开商店时，萨尔玛的责备声在我耳边回响。那是内罗毕最贵的冰淇淋。你没看到那些白人在那里吃饭吗？你吐了一桌子。这种冰淇淋叫"夏威夷日光浴"，每当我控制住自己的情绪时，萨尔玛就会说这个名字，让我重新开始。

　　"现在去玛丽亚姆那里太晚了。"我们走回肯雅塔大道时，她说，"要是你没有花这么长时间吃你的'夏威夷日光浴'……"

　　下午晚些时候，我们到家时，艾哈迈德先生已经到了。尽管他微笑着问我们出门的情况，但他显然不赞成。他的微

---

① 玛莎百货（Marks & Spencer，简称 M&S），成立于 1884 年，是英国最大的跨国商业零售集团。

笑中带着尖刻，他的问题中带着嘲弄的语气。后来到了晚上，在萨尔玛鼓励的点头和微笑的引导下，我谈到了家、海边和我的父母。期间他很少说话，但他公开地嘲笑，有时还生气地瞥萨尔玛一眼。我想他并没有意识到他的脸已经完全暴露了他的感情。我敢肯定，昨天晚上的争论是关于我的，萨尔玛是为我辩护的。我不明白艾哈迈德先生会对什么感到反感。他邀请了我，我也来了。有什么好大惊小怪的？我现在下定决心，决不让他的无礼把我赶走。他可能不会给我钱，但我会享受我的假期。

尽管我当时这样想，但我怀疑我没有抓住重点，怀疑我只是偶然引起了紧张局势，还有其他我还不了解的事情在发生。最后，艾哈迈德先生叹了口气，垂下了眼睛。萨尔玛瞥了他一眼，我不可能错过她眼中闪过的焦虑。我以最快的速度吃完饭，然后逃走了。

第二天早上，我发现萨尔玛在厨房里和阿里说话。他漫不经心地捶打和揉捏着面团，她说话时，他的身体微微向她倾斜。

"我去给你拿早餐。"阿里一看见我就突然说，请我走出厨房。

萨尔玛笑了；我想，这是在鼓励那个蠢蛋继续像小孩子一样生闷气。她怎么能嘲笑一个能在睡梦中煎鸡蛋，每晚都把老婆打得屁滚尿流的男人呢？我回到客厅，琢磨着这次背叛。阿里催促我吃完早餐，向萨尔玛解释说他很忙。

"他在烤面包。"她解释道。

"烤什么？"

"面包，只是普通的面包。"她说。

"我们海边的人管它叫波弗洛。"

波弗洛。这个词突然勾起了我对家乡的回忆。渔夫们清理着他们的独木舟，冲洗着渔网，在水中砸出一个个洞，海水飞溅，像光的碎片。海浪从绿色的大海中拔地而起。冲上岸边的海草就像被太阳晒焦的梦，冲散后沉入潮湿多孔的沙子里。远处，一只小船在水面上颠簸着，狂乱而漫无目的。一根被海水盐渍过的原木躺在海滩上腐烂，开膛破肚，像海豚的肚子一样洞开。

我想起了第一次见到她时的情景，衬衫紧裹着她的胸膛，她的肩胛骨顶着紧绷的皮肤，她那毫不放松的自控力让我害怕。现在她坐回椅子上，重重地叹了一口气。她抬起头来，等了一会儿，似乎下定了决心。"你昨晚生我们的气了吗？"她问。

"他生气是因为我吗？"我问。

"不，不见得。"她说，显得很痛苦，"这很难解释清楚……但是……有时他把事情弄得看起来比实际情况更糟。"

"是因为我在这里吗？"

"不，我不这么认为。"过了很长时间，她说。

她想让我知道她在撒谎。她想告诉我，我失败了。我甚至没有为此感到难过。倒是另一个念头让我更难过一些，那就是想到要失去她的友谊和陪伴，尽管我明白她的关注来自她父亲对待我的方式。

"他为什么邀请我来呢？"我问。

她把目光移开了，我当时想，我用那种方式来考验她的忠诚是不对的。我没有收回这个问题，我们静静地坐着，这个问题慢慢消失了。一只蜜蜂飞进了房间，她站起来，看着它。它猛地撞到收音机上，然后摔在地板上，翅膀痛苦地嗡嗡作响。她跑到厨房，拿着一把扫帚回来，微笑着把它推给我。我拿起扫帚拍向蜜蜂，它的肚子破了，渗出白色的脓液，慢慢舒展开来。它的刺在刺窝里进进出出，就像被激怒的动物一样。它的眼睛从僵硬的身体里伸出来，温和地凝视着。

"我只是想让你把它扫出去。"她说。

她走到收音机前，把它打开了。一个英国人在谈论基督教在乌干达的早期传教活动：殖民地管理者操纵着地方、地区和种族差异……她关掉了收音机。

"咱们出发吧，"她说，"看看今天能不能见到玛丽亚姆。"

我对这个地方的空旷感到惊讶。她告诉我学生们放假了，但我没有料到建筑物会像坟墓一样寂静，也没有想到荒芜的场地会如此凄凉。玛丽亚姆是大学的研究生助理，假期留下来完成她的论文。萨尔玛告诉我论文与艺术史有关。

我们爬上脏兮兮的楼梯，走下一条长长的走廊，门都是关着的，全都漆成了绿色。这里有一股尘土和潮湿的味道，还夹杂着陈年的汗味。我们在玛丽亚姆的房间里找到了她。她是个矮矮胖胖的女孩，说话非常快，很爱笑。她显然很高兴看到萨尔玛，拉着她的手，与她互致问候并交流新闻。她的房间里散落着油画和素描，有的挂在墙上，有的钉在书架上，还有的漫不经心地扔在地上。它看起来就像我想象中的学生宿舍一样，我心中充满了一种熟悉的羡慕。

当萨尔玛介绍我们认识时，她上下打量了我一番，然后点头表示赞许。我们握手时相视一笑。

"这么说，你就是海边来的亲戚，有头脑，但没钱。"她瞥了萨尔玛一眼说，"我听说过你。希望她带你四处逛逛。"我告诉她"夏威夷日光浴"冰淇淋的事，她一脸不满和气愤。你真是个庸俗的人，萨尔玛。她狡黠地扬起眉毛，示意我参观一下她的房间。我问她那些画是否都是她自己画的。她带我参观了她的小画廊，兴奋地谈论着她将要做的事情。她谈论了线条、绝望和孤独，而我则试着按照想象中一个老练、有教养的小说人物的方式行事。我问了关于艺术的影响和功能的问题。她说得那么快，有时都喘不过气来。她说的事情我不是都明白，但听起来很好，我点点头，好像我同意她的观点。她把我拉到一张大幅油画前，想以此为例阐明她在说什么。画中有一把破椅子，被扔在一边，旁边放着一顶帽子和一支漏水的钢笔，背景中是一些奇怪的、拉长的身影，在朦胧的阴影中踉跄而行。画作名为《背叛》。

"这是现代艺术吗？"我问。

"我不确定这到底算不算艺术，"她说，"这只是我所做的。是不是艺术，取决于看它的人。"

"这当然是艺术了。"萨尔玛说着，用责备的眼神瞪了我一眼，"有人出价多少来着，玛丽亚姆？"

"那不重要。"玛丽亚姆笑着说，"你真是个庸俗的人，萨尔玛。多少钱不足以使它成为艺术。"

"那什么可以呢？"萨尔玛问道。

玛丽亚姆带着夸张的惊讶发出嘶嘶声。她瞥了我一眼寻求支持，然后耸了耸肩。她带我去看另一幅作品，她告诉我它源自毕加索①的一幅名画，她认为毕加索是无上的大师。难道我不同意这个看法吗？尽管在思想方面，她认为托尔金②的作品确实鼓舞人心……我承认这两个名字我都没听说过。这让她们吃了一惊，大声说没有想到。我看到玛丽亚姆突然明白了什么，看到她又在看我，就好像她第一次看到我一样。

在附近一家印度咖啡馆吃午饭时，她们让我摆脱了无知。我抵制，制造困难，拒绝被打动。最后，萨尔玛被激怒了，一巴掌拍在我的大腿上。"你们这些海边的人知道什么？只是些水手和渔夫。"她说。我很珍惜那一巴掌，而她们俩却在喋喋不休地谈论我的无知。

她们和我一起来到行政办公室询问摩西的情况，但那里没有人知道这个名字。

当萨尔玛兴高采烈地重述我的无知时，艾哈迈德先生站在了我这一边。"他为什么要知道那些疯子的事？他们做了什么重要的事？"萨尔玛提出了有力的辩护，但艾哈迈德先

---

① 毕加索（Pablo Picasso，1881—1973），西班牙画家、雕塑家，现代艺术的创始人，西方现代派绘画的主要代表，代表性作品包括《格尔尼卡》《和平鸽》《亚威农的少女》《生命》等。

② 托尔金（John Ronald Reuel Tolkien，1892—1973），英国作家、诗人、语言学家，大学教授，以创作奇幻作品《霍比特人》《魔戒》《精灵宝钻》而闻名于世，在绘画方面也颇有造诣。

生坚持重复他的最后一个问题。他们做了什么重要的事？告诉我。你说不出，对吧？他们做了什么重要的事？最后她放弃了，举目望天，祈求耐心。

"别因为她们觉得你自己无知，"他转向我说，"这对她们来说都是时尚。毕加索！毕加索是谁？你玩得开心就行，别让她们困扰你。明天她们会说另外一个人是天才。"

"爸爸，你让自己听起来很无知。"她带着怜悯的神情说。他做了个鬼脸，不理会她的批评，然后对我露出一个同谋式的微笑。

"我今天在等你。"他说，听起来很受伤，但看上去很高兴。"我想你可能想去主麻清真寺参加星期五的聚礼。"那天晚上他带我出去了。他告诉我这是他周五的例行活动。

"我已经去那儿好多年了。"我们开车进城时他说，"我们在塔比特·阿德南家聚会，只是互相问候和聊天。塔比特来自海边，不知道你是否认识他的家人。他现在非常富有，赚的钱大部分来自走私和外汇交易。但他是个好人，一个非常温和的人。"

这是一幢富丽堂皇的联排别墅，突然从一条狭窄的道路旁赫然耸现，旁边是一些小房子，心满意足地依偎在它周围。聚会上全是男性，聊的主要是关于金钱和政治的话题。塔比特·阿德南像国王一样款待我们，每当我们的谈话变得过于平淡时，他就会煽起我们的争论之火。艾哈迈德先生把我介绍给了他。

"你的一位同胞……他从海边来拜访我们。"

"欢迎你。"这位和蔼可亲的人说，"你的家人好吗？你父母都好吧？大家都在家里吗？感谢真主！现在那里什么都没有了。你应该让你舅舅在内罗毕给你安排个工作。这里仍然有机会。"

我瞥了一眼艾哈迈德先生，想看看他对这个建议的反应。他耸了耸肩说："只要他愿意，就会有工作的。但这些年轻人不想干脏活。他们甚至不想做办公室工作。他们都想成为教授、天才和医生。今天我女儿告诉我毕加索是个天才。毕加索是谁？我问她。他做了什么？"

当晚晚些时候我们开车回来时，艾哈迈德先生非常开心。我开始感觉到他对给我提供一份工作的想法越来越感兴趣。他没有再说什么，但我确信他正在考虑这件事。他回避这个话题的方式让我确信了这一点。不然的话，他会感到尴尬的，但他表现得好像有一个愉快的秘密要泄露，对此他不慌不忙。

到家时，我们发现一个小男孩站在车道的阴影里。艾哈迈德先生下了车，走过去和他说话。"阿里伤到自己了。"他回来时说。萨尔玛走出屋子，两个人低声交谈。他们溜进了长满荆棘的树篱拐角处的阴影里，过了一会儿，我听到了说话声。萨尔玛很快就回来了。"过来搭把手。"她说。

阿里靠着阳台的墙躺在他的房子里，那是一间两室的棚屋。借着微弱的光线，我看见一个矮小圆脸的女人站在离他几英尺远的地方，冷漠地望着他被抛弃的躯体。小男孩走到女人身边站着。我们把阿里拖到灯光下，那个女人看着我们。他把自己的胳膊割伤了，伤口处露出了肘部附近白色的骨头。他似乎失去了知觉。

"这是谁干的?"我问;看到这么多血,我的胃在翻腾。

"他自己干的。"艾哈迈德先生说,声音异常低沉而痛苦。

"割自己!我从没见过这么多血。"

"他抽得太多了。"萨尔玛说,飞快地瞥了那个女人一眼,"然后他就这样了。我们得快点,爸爸。你看看马里。"她又瞥了那个女人一眼。"他一受伤,她就像这样发呆。马里是阿里的妻子。"

我帮他们把阿里抬进车里。那个女人跟在我们后面,敬而远之。萨尔玛和阿里坐在后面,马里站在路上,看着他们开车离开。我意识到只有我和她在一起。我觉得我应该说些安慰的话,但我对她悲惨的生活感到如此震惊,只能带着羞愧和恐惧赶紧回到屋里。她让我想起了我的母亲和扎基雅。

我等了一会儿,但我无法保持清醒。他们回来时发现我在椅子上睡着了。我醒来时发现艾哈迈德先生靠在我身上,轻轻地摇晃着我。"现在是三点钟,"他说,"去睡觉吧。"萨尔玛微笑着,双臂交叉在胸前。

"我睡着了。"我说。艾哈迈德先生一边扶我起来,一边嘲笑我。"阿里怎么样了?"我问。

"肘部很糟糕,"萨尔玛说,"但除此之外,还不算太坏。"

"他会活下来的,那个该死的白痴。"艾哈迈德先生说。

"他们明天就会放他出来,"萨尔玛说,"然后马里会照顾他的。她总是这样，恍恍惚惚的。阿里太可怕了……看看他干的这些事。他打了她，然后这样做……残害自己。"

"总有一天，他会弄死自己，或者他老婆。"艾哈迈德先生痛苦地说，"快点，都去睡吧。我去告诉马里一声。"

第二天我们一起打了羽毛球。艾哈迈德先生是我们中打得最好的，在享受生活时也最不受约束。当他出来建议打比赛时，已经换上了运动短裤和 T 恤。他在草地上跑来跑去，以一种矮胖而庄重的姿态追逐着一切，似乎一点也不紧张。他嘲笑我们糟糕的球技，直到最后萨尔玛冲到他那边，用球拍打了他一下。轮到我时，艾哈迈德先生失去了杀戮的欲望。我们坐在露台上，喝着冷饮，在沉默中转过身来谈论我们从未谈论过的所有事情。

"你星期一上班吗，萨尔玛？"一阵令人绝望的沉默之后，他问道。她点了点头。"我想哈桑星期一可以和我一起去……展厅，看看我们在这里做什么，万一他想留下来接受我提供给他的工作。"

"什么工作？"她问。

他解释了一下，她微笑着鼓励他。我看得出他们彼此都很满意。荣誉得救了，我不会被空手打发走的。他们希望我说不，我确信这一点。接受这件事让人觉得不光彩，好像这是在利用他们善意的姿态。

萨尔玛整个下午都在厨房准备晚餐。艾哈迈德先生去小睡了一会儿。我坐在客厅里翻看那堆书。有时萨尔玛从厨房出来，陪我坐一会儿。她提出去拿她的电唱机和唱片，还告诉我她喜欢跳舞。

"你会跳什么舞？"她问。

我告诉她我这辈子从没跳过舞。她一开始不相信，后来答应教我。她睿智地看着我，想说些什么，但后来又改变了主意。我知道她想让我说点关于得到这份工作的事，承认这让他们邀请我来这里时最初表现出的麻木不仁得到了赦免。

"为什么从来没人提起过你母亲？"她从厨房回来时我问她。她朝走廊那边看了一眼，摇了摇头。之后，她再也没有进来过。

星期天我们开车去乡下兜风。他们带我去了内罗毕野生动物保护区，艾哈迈德先生给我指了指那些动物，就好像它们是他的一样。回家时我们发现阿里在家，那天下午出院的。他脸上堆满了微笑和歉意。我们再度出门前，艾哈迈德先生和他在厨房待了一个小时。他的一个朋友邀请我们去吃饭。原来那是一个埃塞俄比亚商人和他的家人。艾哈迈德先生介绍说我是他外甥，来为他工作。

女主人监督仆人们把食物摆上锃亮的大桌子。她没有跟他们说一句话，只是在离他们几英尺远的地方站着，双臂交叉在胸前。我们在那里的时候，她一直沉默不语，男主人则怂恿他的两个儿子和一个女儿，鼓励他们展示自己的能力。哥哥很关注萨尔玛，答应第二天去书店看她。我们离开时，女主人拿来了一个装着檀香木的小包裹，把它送给了萨尔玛。

艾哈迈德先生对这个晚上非常满意，并取笑萨尔玛，说她期待着哥哥的求婚。"他们是一个非常富有的家庭，有各种各样的生意。那个年轻人看起来很不错。我可以从他们那里得到一大笔彩礼。你觉得呢，哈桑？如果他们来提亲，我该怎么跟他们说呢？"

"告诉他们去问萨尔玛。"我说——沉默了几个小时后，我听见自己说话了。萨尔玛面带讽刺地为我鼓掌。

艾哈迈德先生不仅做二手车生意，还开了一家冰箱冷柜店和一家肉店。我们花了一天的时间开车从一家店到另一家店，没有明确的目的。他让经理们管理着这三家店，但他对待他们的态度，就好像如果没有他生硬的、粗鲁无礼的提问，他们就会迷失方向一样。一路上，他打了很多电话取消订单，与供货商周旋，并清点成堆的钞票。

他对我说："那些经理我一个都没法信任。"当时我们带着钱赶在银行关门前赶到那里。"他们总是欺骗我。这就是我希望你来这里工作的原因。你可以帮我盯着点，等你有了足够的经验，我会让你成为我的经理之一。你不能相信这些非洲人。他们要么偷你的钱，要么让生意完蛋。你早上一靠近这些非洲大佬，就能闻到他们嘴里的酒气。你没法信任他们。"

到银行后，他消失在里面的一间办公室里，大约有一个小时。我在车里等着，看着来往的汽车和自行车嘈杂地驶过。

"他们不肯给我足够的外汇，"他回来后说，"我们先去买瓶可乐，然后再去换些美元。"

我们试了好几个地方。在所有这些地方，艾哈迈德先生都受到了极大的尊重，并被带到内部房间，而我则在外面等候。最后他说我们得去那些专宰游客的店家，去那些大旅馆。他把大部分钱都换掉了，但还差几百。我问他要外汇做什么。

"你以为这些车是从哪里来的？你觉得我的供应商会接受我们这里用的大富翁钱①吗？"

我们把车开进了一家大型旅游酒店的棕榈树环绕的停车场。摩西·姆维尼坐在一棵棕榈树下的长凳上。我舅舅径直向他走去，我跟在后面。摩西立刻认出了我，并起身向我打招呼，好像我们是久违的朋友。

"你好吗，我的朋友？你觉得这座伟大的城市怎么样？这是你父亲吗？"他握着我的手，边说边笑，艾哈迈德先生则在一旁等着。看到我的喜悦消退后，他以一种更严肃、更务实的态度转向艾哈迈德先生。他们谈论价格和金额，没完没了地互相辱骂，商定了收货和交货的细节。

"兄弟，你改天一定再来。"我们离开时摩西说，"这次我给你买些鸡肉。我可以带你好好逛逛，我答应过你的。我一直在这里，只要找摩西·姆维尼就行了。"

我从车上看到摩西和其他一些货币兑换商在一起，他们一直在远处注视着我们的交易。他们一边祝贺摩西，一边拍手大笑起来。

"你怎么认识那只豺狼的？"我们开车离开时，艾哈迈

---

① 大富翁钱（Monopoly money），因通货膨胀严重，货币的购买力大打折扣，变得像"大富翁"游戏钞票。

德先生问道。当我告诉他经过时，他觉得非常有趣。"他是个走狗，无名小卒。他拿别人的钱去冒险，赚点小钱。他可能为某位大使或其他什么人工作。他是个皮条客，他帮游客找女人。我认识他。"

第二天，我们回去收美元。我们跟着摩西来到酒店的古玩店，摩西聊得很开心。钱就是在那里转手的。没有人鬼鬼祟祟地四处张望，也没有人用牛皮纸包着一捆捆的钱。在酒店接待处和两名在酒店门口闲逛的武装警察的视线范围内，这些钞票公开易手。

"别忘了。"摩西看着我们上了车，坚持说，"随时可以……我都在这里。来找我带你逛逛吧。你现在答应我，我的兄弟。再见，爸爸，在你的遗嘱里别忘了我。"

"这家伙的嘴真欠操。你知道他说的逛逛是什么意思吗？你明白……"

"等一下。"我说着跳下车，匆匆地跟在摩西后面。听到我走近，他停了下来，转身等我。他的脸上挂着无情的骗子的空洞笑容。

"我去大学里找过你。"我说。

他嘴咧得更大了，但眼睛里充满了怀疑。我想知道我是不是做错了事，他现在会不会嘲笑我的天真。或者他可能认为我是在嘲笑和惩罚他的谎言。

"我有时会去那儿。"他说，带着大城市皮条客那种丑陋的玩世不恭的神情笑了起来。

"那灭了那些部落的事情又怎么说呢？你打算从这里下手吗？"我也笑了，让他明白我不仅仅是义正词严，我也想知道真相。

"听着。"他说，脸上的笑容消失了。"这就是我的工作，像你这样的人是我的顾客。我爱说什么就说什么，你爱信什么就信什么。我不知道你是怎么想的……如果你想来见我，我就在这里。这是我做生意的地方。"

"对不起，"我说，"我简直不敢相信我遇到的是同一个人。"

"滚蛋！"他说，"你什么都不知道……回你老爹身边吧。他在等你。"

我往回走时，他大声喊叫。他叫我吸血鬼，我明白他的意思。他的意思是我让他有负罪感，因为他做了我们这种人想让他做的事。这就是他说我是他的顾客的意思。当我走到车旁时，我真希望我没有马上离开，而是告诉他我明白他的意思，但他那样想是错误的。他还喊了别的什么，但我没听见。车开走时，我回头看去，看到他站在那里，双手叉腰，头向后仰着，笑着。虽然我听不见，但我知道那笑声的空洞。

"你为什么又回去了？"艾哈迈德先生问道。我看得出他没有生气。他的声音甚至是同情的，小心翼翼地不冒犯别人。

"我不敢相信这就是我遇到的那个人。我不想就这样离开……"

"你喜欢他。"他沉默了很久才说，"这种事有时会发生，后来你就不明白自己怎么会这么愚蠢了。"他看了我一眼，笑了。"我们每个人都会遇到这种情况。别担心他。我们去把正事干了。我想今天就下单。"

　　这周剩下的时间，我和艾哈迈德先生在内罗毕四处奔波。每到一处，他都与人争论，并在我们离开时发誓再也不会上那里做生意了。他说我是来为他工作的外甥。我开始觉得自己好像是他的东西，他拥有的东西。他三家店的经理对我的谄媚态度让我难以理解。我曾听到艾哈迈德先生当着我的面对他们说，我将接替他们的工作。他鼓励人们养成依赖他人的习惯，并通过给他们提供工作来说服那些为他工作的人对他给予的恩惠心存感激。我知道我不会留下来为他工作，但他在情绪波动时，用意想不到的善意来诱惑我，还说他开始燃起对我的热情了。

　　还有萨尔玛。我看到她父亲讲述我们这一天的经历时，她很高兴，也看到她随和的态度，让我进入一种家庭般的亲密关系。这不是我想要的亲密关系，我发现自己抗拒被当作这个家庭的一员。我很少和她独处，但我仍然发现自己在玩一种危险而复杂的游戏，以确保她明白我被她吸引了。现在我想知道我是从哪里找到这种勇气的。

　　星期六下午，艾哈迈德先生去医院看望一位朋友。当萨尔玛和我单独在一起时，我就感到紧张。她像是在侃侃而谈，但我们的目光似乎比平时更频繁地相遇。她的态度给了我信心，我发现自己变得很激动。我感觉自己往后靠了靠，松了一口气，想着我可以让事情发展得更平缓一些。她回到自己的房间，拿出了她的电唱机。我们整个下午都在听旧唱片，萨尔玛给我讲与之相关的时代和事件。她教我跳华尔兹。至少，她抱着我的时候，我试着记住我的脚应该放在哪里。我们都很小心，不让身体接触到对方，但当一只手臂斜靠在我的手臂上，她的手轻轻地压在我的肩膀上，不小心擦到了我的颈背时，我激动不已。舞蹈课结束时，我们都露出了串通一气的微笑，萨尔玛一边笑一边对我的舞蹈潜力进行了无情的分析。

是阿里进来结束了我们的小游戏。他的胳膊打着石膏，所以他老婆来厨房帮忙，但他仍然坚持自己做家务。他是进来拉窗帘的。我注意到他的时候，他正站在拱门处看着我们。他笑了笑，对我们的愚蠢行为摇了摇头，但我看到他的眼睛里有一种冷酷、怀疑的神情。

"有派对吗？"他问道，一边跳着轻快而出奇优雅的舞步，"老爷快回来了。"

他走到窗前，拉上窗帘，扭头看了萨尔玛一眼，脸背对着我。她看上去有点心虚，我能猜出他的表情对她说了什么。我知道我并没有征服他，即使我在这个家庭中得到了新的接纳，他仍然毫不掩饰地厌恶我。对他来说，我仍然是个不受欢迎的客人，而我与萨尔玛跳舞则是过分的妄想。

我每时每刻都在想着她，编织着我们在一起的种种细节。我担心她会被阿里的表情唤醒，所以每次她看着我，说话时毫不尴尬，我都会重拾信心。有时，这一切看起来既愚蠢又危险，但似乎无法阻止已经开始的事情。我试着把自己想象成一个盖世英雄，去勾引那个高傲的领主的女儿，让她爱上我，然后再抛弃她。这是一个比其他版本更安全的幻想，但却是最不真实的。如果我和她做爱，那我对客人应该如何行事的理解就大错特错了。如果我过早地离开她，我担心会永远失去她，永远不会知道了解她是什么感觉。跟她做爱吧！我甚至不知道从哪里开始。我想我对她的欲望并没有那么集中和强烈。我想让她和我在一起，对着我微笑，把她温暖的身体靠在我的身上。我想用我的聪明才智取悦她，并让她用她的爱意回报我。

黄昏时，我们坐在花园里。斜阳会把她的头发染红，把她的皮肤擦亮。每一天，事情都变得更加困难，我害怕每一天的过去。我告诉自己，拒绝遵从我的感觉是愚蠢和懦弱的，我不应该反抗，而是应该快乐地冲进洪流，尽我所能地承受后果。

阿里现在看着我们。有时我抬头一看，发现艾哈迈德先生在看着我，目光若有所思，忧心忡忡。那时候我想离开，以逃避猜疑，然后待到时势易也之后再回来。我对自己的运气不够信任，不敢冒这个险，而且在还有那么多话没有说出口的时候，我不能离开。随着日子一天天过去，这种兴奋和内疚交织在一起的情绪越来越浓，越来越让人无力。艾哈迈德先生开始觉得很难再和我说话了。更糟糕的是，我觉得我能同情他。

在我和他们呆在一起的第三周的一个星期三，萨尔玛邀请我和她一起进城。她已经安排好再次与玛丽亚姆见面，玛丽亚姆也让我一起去。艾哈迈德先生原谅我不能像往常一样陪着他，随意地挥了挥手。他很想阻止这种事发生，但我现在明白了，那不是他们的生活方式。我想告诉他我不会留下来了，因为我觉得他也会后悔那个提议。我还没有找到机会，不想在我准备好之前就匆忙离开内罗毕。他仍然说得好像我愿意留下来似的，但他对自己的慷慨就不那么满意了。

她带我去了她每周工作两天的书店。这是一家坐落在教堂阴影下的小店，里面堆满了宗教著作的译本和学校教科书。经理很年轻，也很忙，但他仍然抽出时间来表示欢迎和友好。之后我们在街上溜达、逛商店。

"我不明白我们为什么要去这些商店，"我抱怨道，"你什么也不买。我们进去看看东西，然后你和店主讨价还价，然后我们离开。这有什么意义呢？"

"关键是我喜欢。"她说，一点也不沮丧，"我想看看里面有什么。"

我和一个卖水果的人还有他的手推车发生了不愉快的碰撞。那人恶狠狠地辱骂我。他对我的血统做了历史性的描述，这让我因为真正的愤怒和耻辱而颤抖。我坚持要在那之后去玛丽亚姆那里。我们在她的宿舍里找到了她。她看上去又累又不开心，解释说论文进展不顺利。"不管我把问题想得多么透彻，只要一落笔，出来的总是些还过得去的、四平八稳的废话。我想论证非洲艺术与其背景下的社会现实之间的联系，结果出来的都是些伪宗教的屁话，我就是写不好。"

我们纷纷鼓励她。我真的希望能理解这些困难，希望它们是我的困难，希望我也能因为这样的挫败而闷闷不乐。我想她很快就会弄明白的，她给我的那个调皮的微笑让我很安心。萨尔玛把给我安排工作的事告诉了她。"你会留下来吗？"她问。

我等待了似乎很长时间，不知道该如何明确作出回答。
"我不这么认为。"我说。

玛丽亚姆赞许地点了点头。我不敢看萨尔玛一眼。

"为什么不呢？"萨尔玛问道。她听上去并不沮丧或不
安，我感到有点受伤，因为她没有难过，只是听起来很感
兴趣。

"因为他想做自己的事，"玛丽亚姆说，"他干吗要去肉
店工作，或者给你父亲跑腿？他有更好的事情要做，不是
吗？先从了解毕加索和托尔金开始吧！"

"我只是感兴趣，玛丽亚姆，"萨尔玛抗议道，"不管怎
样，生活中总有比了解毕加索和托尔金更好的事情。"

"比如说？"玛丽亚姆惊呼道，对这种异端邪说感到
惊讶。

"比如说学跳华尔兹，"萨尔玛对她的朋友微笑着说，
"我一直在教他怎么跳华尔兹。"

"嗯！看来我已经落伍了，"玛丽亚姆说，"你是要带他
去参加舞会还是什么？你还教过他什么？我希望在所有这些
新的世故背后，他还是我几周前见到的那个淳朴的乡下小
伙子。"

"你们俩听起来像是两个女巫在谈论你们其中一个要吃
的一口肉。"我抗议道。

"要吃？"玛丽亚姆说，假装很惊讶，"我以为都吃完了
呢……"

"玛丽亚姆！"萨尔玛抱怨道。

"听着，哈桑，"玛丽亚姆用一种母性的温柔的声音

说，"如果他们对你不好，就来找我。这里永远是你的家。"

我们回到印度咖啡馆吃午饭，玛丽亚姆就像刚从监狱里放出来一样，滔滔不绝地讲话，嘲弄萨尔玛，还编造其他顾客的故事。她给我们讲了她哥哥的事，说他随时都可能从美国回来。他娶了个美国女人，为此她父母既震惊又伤心，正等着他回来，没有任何他们希望感受到的喜悦。

"让这成为你的一个教训吧，"她对我说，"不要让你父母的生活变得复杂。当你周游世界时，记住只跟你在那里找到的女人玩玩就行，不必费心去娶一个。这太恶心了。我猜你会去周游世界吧？"

"怎么去呢？"萨尔玛问道。她的声音里只有一丝哀伤，但我的心因她的共情而感到暖暖的。

"他会找到办法的。对吧，毕加索？"

我们在大街上道别。玛丽亚姆做了个滑稽的鬼脸，说要回去写论文了。她让我找个时间单独去看她。

我们似乎走了好几个小时，只是偶尔交谈。我们经过停着的汽车和酒店门口，经过出售吉姆·里夫斯①和猫王②唱片的小店，以及卖从鞋带到电视机的一切东西的店铺。我们穿过卖卡斯特罗③和伊迪·阿明④照片的报刊亭和杂志摊。

---

① 吉姆·里夫斯（Jim Reeves, 1923—1964），美国乡村音乐巨星。
② 埃尔维斯·普雷斯利（Elvis Presley, 1935—1977），美国著名摇滚歌手及演员，绰号"猫王"。
③ 菲德尔·卡斯特罗（Fidel Castro, 1926—2016），又称老卡斯特罗，是古巴第一任最高领导人，古巴共和国、古巴共产党和古巴革命武装力量的主要缔造者，被誉为"古巴国父"。
④ 伊迪·阿明（Idi Amin, 1925—2003），乌干达第三任总统。

我们看见一些老人喝醉了躺在街上。我们走在绿树下，经过人行道上展示的小饰品，经过推着婴儿车的胖保姆。一个人在公共汽车顶上预测世界末日。一名警察挺直腰杆向路过的部长的汽车敬礼。一个骑摩托车的人在路缘附近危险地疾驰而过。最后，我们在公园的长凳上坐了下来，从这里可以看到政府大楼。开花的灌木丛和观赏树木把我们和道路隔开。她拉起我的手，举到嘴边吻了一下。我们腼腆地笑了笑。她松开了我的手，太快了。我太惊讶了，什么也没做。

"你为什么不留下来呢？"她问。她轻声地问，不是要求，而是想弄明白。

"因为我不想被人拥有。我不想依赖你父亲对我的感觉。我不想像那些为他工作的经理那样。我不是对你父亲不友善。这就是他做事的方式，也是他的成功之道。我不是合适的人选……你明白吗？我没有解释得很好，但我并不是存心不友好。我希望我能留下来。"

她想让我多说点，但我说不出话来。我从来没有经历过这样的场景，当我在心里试着说出这些话时，它们听起来既腻味又不真实。"我希望我能留下来。"我重复道。

"我也希望你能留下来。"她说，对我的失败微笑着，"但你不必现在就走，是吗？"

"不，"我回答，"遇见你……真好。我会想你的。"

"也许你会回来的。"她说。

"我会的。"

"你之前问过我一件事，"她说，侧过身去，"但我没有回答你。"

"关于你母亲。"我说。

"我小时候她就死了，"她接着说，"服毒死的。"

"哦，不。"我把她抱在怀里，感觉到她叹息着靠在我身上。过了一会儿，她推开我，坐了起来。

"我不知道为什么，"她说，"我来说说吧。我父亲从不提起她。我小的时候经常问他。哦，他告诉我她来自马林迪①……后来……真主在我很小的时候就把她带走了……诸如此类的事情。他一直很好，我的父亲。我知道他看起来很严厉，很不耐烦，而且脾气暴躁，有时候很残忍……但他一直很好。他是个好人。"她说，眼中开始蓄满泪水。

"是的，我知道。"我说。

"阿里和他都是好人。阿里和我们在一起很长时间了。你一定很好奇，他做的那些事情……他几乎就是我们家的一员。好吧，我想他肯定不是这么想的，他依然把自己看作仆人。"

"你是怎么知道的？你母亲的事？"我问。

"是玛丽亚姆发现的。我们从小就认识了。她总是像个姐姐一样。这么多年来，他们也一直瞒着她。后来说漏了嘴。是她母亲告诉她的。你知道人们对这些事有多保密。她说她也无法从她母亲那里得到太多信息。我不知道该怎么问我父亲。你可能觉得我太懦弱了。"

"不，"我说，"我完全明白你的意思。"

"我母亲毒死了自己，我不知道如何询问发生了什么。

---

① 马林迪（Malindi），古称麻林地，肯尼亚港口城市。

我很怕再伤害到我父亲。我更怕他不会告诉我，他会转身离我而去。他有时很生气。他大发雷霆……"

"我母亲警告过我。"我笑着说。

"是吗？"萨尔玛笑着问。眼泪顺着她的脸流了下来。"并不是说我需要更多地了解她。我对她已经无能为力。而是为了理解他……我们……我们之间。他在隐藏这种痛苦，他甚至不愿……告诉我。这些年来他一直都是这样，直到去年我才开始明白为什么。他不让我问他，但我觉得我应该问。"

我拉着她的手，握在我的两手之间。

"现在你来了，让一切变得更复杂了。"她说，伸出手来，摸着我的脸。她笑了。"父亲告诉你你会来的。我们取笑了你。他跟我说了你母亲的事，当他们还是孩子的时候。过去的日子……"

"他告诉你我父亲的事了吗？"

"是的，"她说，"他告诉我了。"

"他有没有告诉你我父亲坐过牢？"

"是的，"她说，"他把一切都告诉我了。"

"他有没有告诉你，我父亲糟蹋了一个小男孩？那孩子差点疯了？还有人说他曾经把一些小男孩卖给阿拉伯人？他是个酒鬼，整天泡在妓院里？"

"是的。"她说。

"天哪，你该会以为我是个怎样的人啊！"

我突然为父母感到非常难过，为我给他们的生活增添的痛苦而难过。他们自己的孩子竟会这样无情地看待他们，这一定是一种可怕的背叛。

"我们以为会是个小丑，"萨尔玛说，"我们想找一个可以让我们嘲笑的人。但是你来了。"她笑了，又摸了摸我。"现在他感到内疚。他不该请你来的。他帮不了你。你知道的，不是吗？他过得很糟糕。你刚才说的那些经理们……他们欺骗了他。这些经理都是新来的。他们都偷他的东西。他不该请你来的。他知道。"

"没关系，"我说，"我一到这儿就知道了。你们俩都说得很清楚。"

"对不起。"她说，一副懊悔不已的滑稽表情。

"不，我刚来的时候是个小丑。不是因为你以为的原因。那场比尔亚尼表演……我想我所做的一切都是为了自己，作为一个如此粗鲁的讨厌鬼，我可以假装我不是认真的，我是在屈尊降贵地执行这项乞讨任务。差不多吧……但我很高兴我来了。我遇到了你。在其他方面，我也不虚此行。我只是感到遗憾，我不得不离开，不能见你了。"

"但你会回来的。"

"是的，我会回来的。"我说。

"你打算怎么办？"她问。

"我不知道。我先回家……再想办法……"

当我们决定离开时，天开始黑了。她建议去看电影，因为我不愿回到家里去。我担心如果我们迟到了，艾哈迈德先生会怎么做，但她似乎并不担心。"你走后一定要写信。"她说。

"我会的。"我说。街上灯火通明，我无法拥抱她。电影院正在放映《一个英国鸦片吸食者的自白》①。我们觉得太沉闷了，但我们都很想上厕所。我们被迫买票，只是为了享受使用厕所的乐趣。这钱花得值。地板上铺着地毯，抽气机在头顶上轻轻地嗡嗡作响，空气中弥漫着淡淡的香水味。

我觉得在公共汽车上牵手很愚蠢，因为胳膊肘似乎有些碍事。车上几乎没人，但我们仍然低声交谈。最后，她不顾一切地把头靠在我的肩上，我用胳膊搂住了她。我们很快就到了。沿着小路漫步时，她从我身边走开了。当时已经是晚上八九点钟了，除了被窗口里的灯光照亮的一方方地面外，到处一片漆黑。她摸索着开门，我站在她身后。门从她手中被猛地拉开，她父亲站在我们面前，一脸怒气。

"你们上哪儿去了？"他咬牙切齿地喊道，"进来！"

他严厉地示意我们进去。当萨尔玛从他身边走过时，他狠狠地拍了一下她的后脑勺。她跟跟跄跄地向前走，然后转过身来面对着他，嘴巴因震惊和受伤而张得大大的。她眼里含着泪水。他走上前去给了她一个耳光。她又踉跄了一下，痛得大叫起来。"你怎么能这么做？经历了这一切之后，你怎么能这么做？"他喊道。

他抱着头呻吟着。她摇了摇头，泪水流了下来。"爸爸。"她说着，朝他走去。他抬起头，走上前去，一拳打在

---

① 《一个英国鸦片吸食者的自白》(*The Confessions of an English Opium Eater*，1962)，又译《瘾君子自白》，是由艾伯特·朱格史密斯（Albert Zugsmith）执导，文森特·普莱斯（Vincent Price）主演的美国影片，内容基于英国作家托马斯·德·昆西（Thomas De Quincey，1785—1859）的同名作品。

她的嘴巴上。她又惊又怕，整张脸都跳了起来，鲜血从她嘴里喷涌而出。

"回你的房间去！"他尖叫道，"走！"

他转过身去，不去看她，用手擦着脸，想抹去他看到的一切。她站在原地，啜泣着，嘴里流着血。他回过头来看着她。她用手捂住嘴，忍住抽泣。"走！"他恳求道。

他看着她匆匆走向客厅门口，然后转向我，脸上充满了仇恨。他举起一只拳头朝我挥了挥，转身向客厅走去，扭头喊道："过来。"

"坐下。"他说着，在窗边踱来踱去。我没有从命。他瞪着我，快要气炸了，大声喊道："坐下！"

我坐了下来。他又踱了几分钟步。让他见鬼去吧，我想，然后站了起来。他在客厅中央停了下来，双手紧握在背后。

"你是个畜生。"他说，咬紧牙关，努力控制着自己。

我的腿在颤抖。我告诉自己，我不是真的害怕，我以前也经历过这种事，我只是准备为自己辩护。哦，天哪，我想，等着让他们知道吧。

"你是个什么样的令人恶心的畜生？"他吼道，气得浑身发抖。他继续踱步，不时地瞥我一眼，好像我是一只在他的地板上爬行的鼻涕虫。最后他停了下来，愤怒地摇了摇头。"我错了，我承认。我不该请你来的。这是我的错。我尽力了。我欢迎你……就像……就像家里人一样。我不该请你来，但我试着……我给了你一份工作。我帮不了你。我不该让你来的。你非得这么做吗？这是你报答我们对待你的方式吗？我向你敞开了家门。我欢迎你。我欢迎你……而你利用了这一点。你玷污我的女儿。你玷污我的血脉，我的名字。我盯着你，本来应该阻止你的。但我觉得你不会这样做。他们没教你什么吗？你们那地方没人教过你什么规矩吗？你待在一个男人家里还玷污他的女儿。哦，天呐，我从来都不会吸取教训。"

我感觉他不会打我。我得保持沉默，忍着他的怒气，然后也许试着解释一下。他瞪着我，好像要我说话似的。"你是个畜生。"他说，然后深吸了一口气，让自己平静下来，"你是个畜生！为什么我永远都不会吸取教训？请收拾好你的东西出去。现在，现在就走！我得去照顾我的女儿。"突然，他又大叫起来："你就想不出你还想干些什么吗？难道你不想拿把刀把我捅了吗？滚出我的房子。滚出去！"他的拳头紧握在身边，手臂在颤抖。他的脸因痛苦而扭曲。我想阻止他，粗暴地摇晃他，把他推到墙上。我想告诉他，他感到痛苦这一点并不意味着他明白自己做了什么，也不意味着他有权打人。我还想告诉他，他的卑鄙欺凌造成的伤害超出了一个愚蠢的人的权限。

"我什么都没干。"我开始说。

"我一句话也不想听你说。"他喊道。

"你女儿也什么都没做。"

"闭上你的嘴。收拾东西走人吧。现在就去！我不想听你的任何解释或道歉。我会和你父亲联系的。他会知道的。他收到我的信会很自豪的。"他怒视着我，沉默了很久。他不必多说什么，但我知道他会说的。我们都明白他说我父亲的意思。有其父必有其子。

"你无缘无故伤害别人，"我说，"没有必要这样做。没有必要打萨尔玛。"

他咆哮着走上前来。"你要不是我姐姐的儿子，我会杀了你，并承担后果的。"

"杀了我吧。别让你姐姐成为阻止你做正确的事的借口。你一点都不让我害怕。我没有侮辱你，是你侮辱了你自己。"

"啊，走开，"他说，一挥手把我推到一边，"回到你那个罪犯父亲身边去。他会理解你的所作所为的，那个肮脏的男人。"他朝地板啐了一口唾沫，把我推向门口。

"听我说，"我停下脚步，转过身来面对他，"你是个愚蠢的人，我希望你的神会原谅你所做的事。你可以试着为你的女儿建一座监狱，但我会回来救她的。"

他没有回答，一动不动地站在那里，盯着我。我的下唇在颤抖，我向真主祈祷，希望自己不要哭出来。他跟着我穿过走廊走进卧室。萨尔玛的门关着，我走过时没有停留。我把我仅有的几件东西收拾起来塞进包里。床上有一张纸条。我把它捡起来放进口袋。艾哈迈德·本·哈利法先生站在门口，看着我。他用手指示意我走。他一直跟着我，不让我去见她。我从他身边走过，脖子刺痛，料想会被他打一拳。他跟着我来到前门，一直看着我走到大路上。没有人追我，但想到那张字条给了我安慰。

我不想等公共汽车。我想走路、思考、羞辱自己。我想在黑暗中挣扎，又饿又累，被恶狗追赶。也许我将不得不露宿街头，被暴徒袭击，被抢劫和殴打。有两辆车从我身边驶过，每次都加速而去。远处有什么东西在哀号，在夜里绵延数秒。淅淅沥沥地下起雨来了。雨很快改变了性格，变成坚硬的、快速落下的水滴，在我脸上爆裂。毕加索会怎么做？他会回去吗？我在口袋里摸那张纸条。我在路上停了下来，喊着再下点雨，在无限的夜色中，感觉自己形单影只。雨下得更大了，认可了这种痛苦，激励着我前行。也许我可以在内罗毕找份工作，在人行道上卖小饰品。也许摩西会让我做他的合伙人。什么都比这样回去好。我在夜里大喊萨尔玛的名字，不知道这会不会让我感觉更糟。确实如此，所以我又喊了一遍，感觉更强烈。

除了回到我的族人身边，我别无选择。当我回到他们身边时，他们会告诉我他们的祖先，真主选择的种族，如何在漂泊中被雨水击倒，被残忍的旅行者剥夺了土地。他们会告诉我他们祖先的荣耀，他们的王国和他们的征服。我本可以带着一笔钱财回来，却两手空空而归。当他们带着象牙和犀牛角回来时，我什么也没带回来。这么点事情，我竟然没有做到。

没有人问那些被他们留在干涸的半岛①上的女人，这些被选中的种族的人，后来怎么样了。毫无疑问，她们在坚定的信念中受尽煎熬，知道真主赐予他们黑人异教徒当奴隶，好让她们的丈夫富裕起来。她们雨天生下儿子，那时她们的丈夫会带着传奇经历和从黑人土地上得来的战利品归来。多

---

① 此处应指阿拉伯半岛。

年来，她们和山羊一起吃着生菜，被留下来，在贫瘠的岩石和尘土中挣扎度日，穿着黑色的破衣烂衫，尖声叫喊着警告她们的孩子。真主的子民从那贫瘠的岩石和尘土中诞生，把世界从异教徒手中拯救出来。她们把成年的儿子送到我们这里，血腥地蹂躏我们。在我自己的家族中，只有盐贩子、水手和按摩师，他们的血管里流淌着一份不情愿承认的黑人血统①。荣耀啊，荣耀，家族里甚至连一个画家都没有出过。

一辆汽车在雨中停了下来，发动机在我身边嗡嗡作响。一个欧洲人坐在驾驶座上。他示意我上车，但我摇了摇头，挥手让他继续。我已经听够了好心的欧洲人让别人搭便车时的种种变态行为。他耸了耸肩，举手道别，开车离去。

我搜寻着那张字条。雨现在已经变成了一件讨厌的事。黑暗让我无法看清爱人的话。我心爱的人！在谈论了这么多死亡和痛苦之后，我将不得不从零开始学习我从未说过的话！我看到远处有一盏灯，离这儿好远。突然之间，读这张字条变得重要起来。我在雨中奔跑，冲着院子里的狗大喊大叫，它们在我经过时对我狂吠不止。到达路灯处时，一辆警车在我旁边停了下来。我停下脚步望着，旧日的恐惧感又涌上心头。

"我正要去火车站。"我主动坦白说，举起我的包作为证据。当我把它举到灯光下时，它一点儿也不像一个窃贼的工具包。警察似乎并不感兴趣。"我们不去那边。"其中

---

① 斯瓦希里人主要由非洲本地的班图人和外来的阿拉伯人、波斯人、印度尼西亚人、印巴人等长期混血而成。

一个说。他们聊了几句就开车走了，担心我会搭他们的便车。

我小心翼翼地打开那张字条，生怕在兴奋中把那湿漉漉的折页压成纸浆。她潦草地写道：别忘了写信。萨。在那下面，她写了玛丽亚姆的全名和她在大学的住址。就这些吗？没有激情的承诺？没有染血的誓言？尽管如此，这已经足够了，我可怜的受伤的萨尔玛。我没有失去她。我把纸条扔进了灯柱下的水坑里。这很适合当时的戏剧性场面。我找了一个地标，这样我就能记住那个地方。我把它变成了圣地，当我回来找她的时候，我要回到这里朝圣。我拿起包，朝着城市的灯光走去。

到达车站时已是半夜。大门关闭了，但乘坐开往金贾和坎帕拉的早班火车的乘客正在院子里睡觉。他们告诉我开往海边的火车已于傍晚时分发出。我伸开四肢睡在不舒服的地面上，但告诉我火车信息的那两个男人开始骚扰我。他们先是要钱，随后又开始威胁我。我离开他们，向门口走去，那里人多。我在一家人附近找了个地方，想睡上一觉。

天刚蒙蒙亮，我就离开车站去大学了。我在大学门口等着，直到看到人们四处走动。我敲玛丽亚姆的门时，她还在床上。她把门打开一点，往外看了看。

"出什么事了？"她问，使劲揉了揉眼睛，想把睡意挤出去，"我一小时前才上床睡觉。"

"对不起，"我说，"我只是想和你谈谈。我过会儿再来。"

"出什么事了吗？"她突然专注地问道。

"我被赶出来了。"我说，为自己的荒唐感到好笑。

"哦，天哪，"她叹息道，"等我几分钟。"

我们去咖啡馆吃了早餐，期间我向她讲述了事情的经过。"那个愚蠢的人，"她说，"你不知道那个人做了什么。我甚至不敢告诉萨尔玛。你把信寄给我，我转给她。别让他吓着你。"

"什么意思？他做了什么？"

她跟我说了萨尔玛的母亲以及她的遭遇。一开始她不太愿意说话，但她说得越多，就越沉浸在自己的故事中。"他们的一个朋友，我不知道他的名字，和他们住在一起。他也来自乌干达。他们从小就认识。出了点问题，他的生意失败了，或者别的什么事。我想他甚至可能不得不进监狱。总之，他们收留了他。他和他们住了几个月。后来艾哈迈德叔叔发现这个朋友和他老婆睡在了一起。嗯，他说他们睡在一起了。他勃然大怒，和这个朋友打了起来。我想他把他伤得很重，可能是用刀子什么的。然后他把萨尔玛的母亲锁在一个房间里。人们知道了这件事，因为他的朋友告诉了所有人，并坚持说他是无辜的。从此艾哈迈德叔叔不再出门。他甚至连班都不上了，整天呆在家里，看着他老婆。我母亲告诉我，有些人想去见他，劝他不要发疯，但他拒绝见任何人。有人在窗口看到了萨尔玛的母亲。她看起来像个疯女人，头发肮脏，衣衫褴褛。最后，警察来了，把她送到了医院。当他们把她放出来的时候，艾哈迈德叔叔已经平静下来了，但对她来说已经太晚了。她什么都怕。他不让她自己去任何地方。最后她毒死了自己。我想那时候她已经疯了。她精神错乱，母亲说得给她找个看护人。她见过她一次，就在她死前不久。正赶上开斋节，我父母去问候他们家的人。我母亲去上厕所，在里面听到门外有人。出来时，她看到那是萨尔玛的母亲。她说她看起来有点被冷落，但似乎并没有不开心。你知道我们会把疯了的亲戚关在家里，她以为萨尔玛的母亲也成了他们中的一员。然后她毒死了自己。我一开始不知道这些，后来我母亲才告诉我的。我不知道该怎么告诉萨尔玛，但总得有人告诉她。她父亲是不会说的。我想他总有一天会自杀的。"

"你为什么这么说？"我问。

"我只是说说而已，"她说，"我什么都不知道。但他无法忍受这件事。总有一天萨尔玛会发现的，那时他就无法忍受她看待他的方式了。他现在为她而活着。他一直试图通过她来弥补。总有一天她会发现的。现在他打了她。那个愚蠢的人一定很伤心。"

"我很抱歉。我不知道……我想我把事情弄得更糟了。"我说。

"不，你没有，"她笑着说，"但你能逃过一劫是非常幸运的。你是个幸运的人，毕加索。幸好她遇到了你。我还不知道为什么，但我觉得这是件幸事。她一定会知道的。他们必须解决这个问题。"

"你会告诉她吗？"

她摇了摇头。"我不知道，"她说，"我明天去看她，和她谈谈。我会告诉她我见着你了。"

"告诉她我会写信的。"我说。

"你就会说这句话吗？我相信毕加索会想出比这更有趣的口信。没关系，我会编一个的。"她说。

她带我回到她的房间。她去图书馆工作的时候，我试着睡觉。下午晚些时候，她和我一起到车站，为我送行。她自信地穿过人群，一路跟着我上了火车。她帮我找了个空铺位，和我坐在一起，等待出发的时间。

"你现在有什么打算？"她问。

"我不知道，"我说，"一切似乎都很困难。首先，我得去跟我父母解释这一切。我知道他们会怎么想。然后我就得自己想办法了。也许我会在邮局或码头找份工作……"

她拍了拍我的大腿。"别自怨自艾了，"她说，"回去吧，年轻的毕加索，把该说的话告诉他们。然后就去征服世界吧。只是别忘了写信。"

该走了，她吻了吻我的脸颊。她站在月台上挥手，目送火车开走。她身材丰满，相貌平平，勇气十足，为发现了一个新朋友而咧嘴一笑。

第五章

当母亲抬头看到我在院子里站在她面前时,她笑了。她想站起来,我弯下腰吻了吻她的头顶。她叫着我的名字,好像在责备我,但带着惊喜。当她再次看着我时,她的眼睛睁得大大的,充满了疑问。

"我回来了。"我说,张开双臂。

"我看到了。"她说,等我继续说下去。她没有问任何问题。她知道我带来的不可能是好消息。她忙着给我弄吃的,给我烧水洗澡。她似乎不像我记忆中的那样疲惫,她微笑着责备我没有事先通知她要回来。

"我走得很匆忙。"我说,忍不住笑了。

"出了什么事?"她问道,一边走近,一边在衣服上擦手。她盯着我看,我却努力装出一副不在意的样子。"你为什么走得这么急?"

"我会告诉你的,"我说,"我会把一切都告诉你的。"

"好的,你先洗个澡,吃点东西。"她连忙说,责备自己不该催我,"然后我们再聊。你还好吧?感觉怎么样?"

"头痛,"我摸着头说,"坐火车的事。受不了那噪音。"

她笑了笑,然后伸手在我太阳穴上摸了摸,好像怕伤到我似的。赛伊达出现在后门,揉着睡眼。

"哦，是你，"她说，"你回来了。"

"我也很高兴见到你。"我说着，扑向她。她吓得尖叫起来，跳回屋里。

"别这么吵，"母亲压低声音说，"老太太病了。她从床上掉下来摔伤了。她不愿去医院。她说想让那个印度医生来给她治。你还记得他吗？梅塔医生。我告诉她，他已经去世了，但她还是不去医院。她说她没事，但其实不然。她整夜都在呻吟。"

"对不起，"我说，"爸在家吗？"

"不在。"她说。

"扎基雅呢？"

她发出一种介于呻吟和咕哝之间的声音。"我不知道我们该拿她怎么办。她再也不听我的了。也许你可以和她谈谈。有些晚上她根本不回家。我不知道我们能做些什么。"她说，说话的声音似乎要崩溃了，"你走后，她变得更糟了。你跟她谈谈。也许你能让她明白些道理。"

"我会的，"我说，"我会和她谈谈。别让自己痛苦了。她不再是个孩子了。"

"你怎么能这么说！"她哭了。"她就像个疯子。"

"妈妈，我不是说这不让人心痛。只是如果她决心要毁掉自己，那我们就没法说服她了。"

"我不想听这种话。"她说。她对我怒目而视，表情如此苦涩，我真希望能收回我说的话。她闭上眼睛，叹了口气。"对不起，不该用这种方式迎接你回来。但是我们不能就这样放弃她。"

"我们不会的，"我说，"我要和她谈谈……"

"好的。"她连忙说，急于把这个话题放到一边，"现在去洗洗吧。我去把你的房间准备好，然后我们再聊。"

"什么房间？"我问，"我什么时候有自己的房间了？"

"好吧，你现在是个大男人了。"她咧嘴笑着说，"我已经厌倦了早上出来看到你躺在那里，基科伊敞开着，那玩意儿晃来晃去。这下你可以住小客房了。"

"嗯，深感荣幸。"

"别这么嬉皮笑脸的，"她说，拍了拍我的胳膊，"去洗洗吧。走吧，小祖宗，我去给你准备吃的。"

浴室以刺鼻的力量让我回忆起留在身后的舒适。我不费吹灰之力就捏住鼻子，闭上眼睛，不去看那肮脏的环境，想起了我受到的热情欢迎。我出来时，看到母亲在院子里铺上了一个新垫子，是个布萨蒂①。赛伊达已经躺在上面打瞌睡了。我在她身旁坐下时，她动了动。

"她说她想等着，好好问候你，"母亲说，"她应该在床上睡。老太太又在呻吟了。可怜的小家伙在她那样的时候会觉得很难受，但你奶奶坚持让她待在里面。她说她一个人害怕。"

赛伊达坐了起来，眼睛仍然闭着。母亲拉着她的手，灵巧地把她拉了起来。赛伊达呜咽着表示抗议，转过身来看着我。"你给我带礼物了吗？"她问。

"给你这么丑的家伙带礼物？不，当然没有。"我说。

---

① 布萨蒂（busati），斯瓦希里语，指用麦秆或麦草制成的垫子。

当她被拖走时，她做了一副难以形容的丑相。母亲回来了，看上去心烦意乱、闷闷不乐。"她又在呻吟了。让一个孩子跟她睡在一起是不对的。"她低声说。

"那就别让她去。如果奶奶病得像你说的那么重，万一有什么事呢。万一她……"

"别说了，"她打断我，"我得去陪你奶奶睡。赛伊达可以睡在我们的房间里。"

当我看着她时，她垂下了眼睛。我在想我是什么时候被授予这一殊荣的。"让她来和我一起睡吧，"我说，"我们明天可以把床垫或床罩拿过来。"

"好吧。"她小声说，以为我是在为过去的错误责怪她，"你回家的这个日子不太愉快。"

"我的返乡之旅非常愉快。我很高兴回来。"

"在内罗毕的日子很难熬吗？你没惹上什么麻烦吧？不，等等，我去拿吃的。"她说。她给我做了洋葱煎蛋卷，还给我拿了三片波弗洛。"家里没有牛奶了。你想喝干茶，还是给你冲点咖啡？"她问。

"干茶就行，"我说，"能在里面放点姜吗？家里有姜吗？"

"干茶加姜！内罗毕的欧洲人喝的就是这个吗？"她问。

"不，"我说，"他们喝加牛奶和糖的咖啡。你应该尝尝。那是文明人喝的东西。"

她知道事情出了差错。她向我表明了自己是站在哪一边的，试图让我在谈话时感觉好一点。"爸怎么样了？"她过来和我坐在一起时，我问。

"还是那样。"她说，把嘴往下一撇，摆出那种忍气吞声已久的熟悉姿势，"他仍然以为自己是个年轻人。你知道他这个人。也许他比原来更糟糕一点，我不知道。"

"你什么意思？"我问，"有多糟？"

"你知道他这个人。"她说，用指尖揉着自己的太阳穴，"他酒喝得太多了，然后发誓说他会好起来的，不会再喝了……他是认真的，他哭着发誓……"她停下来盯着我，惊讶于告诉了我这么多。她点了点头，继续往下说，"他这段时间情况又很糟。他昨晚没回家。回来的时候醉得厉害……人家会解雇他的，然后天知道我们该怎么办。他就这样出去干那些肮脏的事情。他以为我不知道。"

她默默地看着我好长时间，眼睛睁得大大的，带着一种苍老的痛苦。然后，她脸上开始露出一丝微笑。"这就是你的力量。"她说，脸上的笑容越来越浓，"你保持沉默。你不让它变弱。在它的后面，我能听到你心跳的微弱声音。只有当你不在的时候，我才知道我一直都能听到这个声音。你明白我的意思吗？当我们疲惫虚弱时，你保持镇定，你的心始终不变。你回来真好！我想这么说，并感谢真主把你平安地带回我们身边。"

我默默地吃着，努力忍住泪水，因为它会毁掉我作为一个坚强、沉默的人的新形象。

她已经关上了客房的窗户，喷了杀虫剂。滴滴涕的味道与灰尘和新涂料的味道混合在一起，产生了一种刺鼻的气味，似乎要撕裂我喉咙后面的黏膜。她去看祖母了，说很快就回来。她进来后坐在我旁边的椅子上。房间很小，我们的座位相距只有几英寸。她叹了口气，把肯加紧紧地搂在肩膀上，预料到不会从即将听到的话里得到任何乐趣。

"我准备好了。"她说。

"他不打算帮我，"我说，"他在我去之前就已经决定了。他后来亲口告诉我的，但我一到那儿就知道了。他们以为我会是一个小丑，他们会嘲笑我。别这样看着我，妈妈。这是真的。我刚到那里时，连仆人都把我当……乞丐。所以我决定至少要度个假。"

"他亲口告诉你他从来没有打算帮你？"她问。我知道她相信我，不认为她真的感到惊讶。"你提醒他遗产的事了吗？"

"他巴不得我提，"我说，"那样的话，他就真的有理由嘲笑我了。你不知道他们是怎么生活的。他让自己相信他做的一切都是对的。他认为每个人都想骗他。他给了我一份工作，让我留下来为他干活，但我不想要那种生活……到处闲逛，无所事事，老是猜忌。"

"但你应该，你应该提到遗产。"她坚持说。

"我不能。他待我就像待一个来求他帮忙的穷亲戚。如果我开始索要你该继承的遗产，他会认为我太放肆了，早就把我从他家里赶出去了。"

"他把你赶出去了？"她问，突然显得很生气，"那个大嘴巴的艾哈迈德！他一直都那样，总是那么自高自大，从小就是。他怎么敢？"

"你没告诉我他有个女儿。"我说，努力忍住不笑，但还是失败了。

我看到她的怒火逐渐平息，下巴松弛下来，嘴巴张开得像在炫耀。"你做了什么？"她问。

"我喜欢她。总有一天我会娶她的。"

"哦，我的老天爷。你就不能做你该做的？你就不能别惹事？你做了什么？你对她做了什么？"她问，对我很生气。

"我什么也没做。他认为我做了，所以把我赶了出去。"

"你的家族被诅咒了，"她说，气得喘不过气来，"你就不能按捺几天吗？你知道他对我们的看法，非得在那里表现得像只公羊？你要干这事，我也会把你赶出去的。你们难道一点都不尊重自己吗？你们都一个德行，就像你们的父亲，你们所有人。然后你就假装他已经决定不帮你了。"

"我没有假装。这是真的。他真的不打算帮忙。"我说，"她很漂亮。她叫萨尔玛，她也喜欢我。她的眼睛是灰色的，她的脸……有点圆，性格开朗。她说话细声细语，总是和蔼可亲。她很体贴，也很聪明。总有一天我会娶她的。"

"你去那里寻求帮助，这样你就可以做一些对你的生活有用的事情。你去那里不是为了扮演卡马尔·扎曼王子①，

---

① 卡马尔·扎曼王子（Prince Qamar Zaman），《一千零一夜》中的人物。

也不是为了让你舅舅的女儿蒙羞。"

"我没有让任何人丢脸。"我平静地说，对她微笑着。我想让她相信萨尔玛，让她知道事情并不像看上去那样。"什么也没有发生。我们只是一起进了几次城，然后聊了聊。如果不是因为她，我在那房子里会被当成狗一样对待。她和她父亲争论，说服他认识到他们之前所做的是错误的。等你见到她再说吧。你会喜欢她的，妈妈。"

"好吧，她很棒，"她说，举起手阻止我继续说下去，"但你做得不对。以客人的身份到别人家里做那样的事。你那样做是不对的。"

"我知道，"我说，"我每天都这样告诉自己。我左右为难……但我担心如果离开了，就再也见不到她了。"

"真的什么也没发生？"她问。

"什么也没有发生。除了我告诉她……我知道她也爱我。"

"你怎么知道的？"她问道，好像怀疑我过分夸大了对萨尔玛的了解似的。

"她拥抱我。她让我给她写信。"

"写信！不要写。你舅舅可能会看到这些信。"她说。

"无所谓，"我说，"我告诉他总有一天我要回去找她。"

她咯咯笑了，然后大笑起来。"你一定是认真的，"她说，"他说什么了？"

我原本就在暗自希冀，她无法抗拒我已经找到了一个心爱的女孩的念头。我告诉她那天晚上我们从内罗毕回来时发

...... 168

生的事情。我没有跟她说艾哈迈德先生说的关于父亲的事。

"你知道她母亲的事吗？"我问。

"知道，"她顿了顿说，"我知道她死得很惨。"

"她服毒自尽了。"我说。

"是的。"她说。

"萨尔玛不知道为什么，但别人知道。"

"因为那个男人？"她问。

"因为舅舅后来对她做的事。也许关于那个男人的传言不是真的。"

"一定是真的。"她喊道。

"就像爸爸的事是真的一样？别人也一直这么说。"

她微微皱了一下眉头，然后点点头，表示她明白了我的意思。"那个男人的事也许不是真的，"她说，"我小时候就认识她。她来自金贾一个非常富有的家庭。"

"这就是为什么他那么生气。他以为我做了和那个男人同样的事情，走进他的家，羞辱了他。萨尔玛不知道。他还没告诉她。他甚至不会谈论她的母亲。她知道有些不对劲，但他什么也不肯说。她从别人那里得知了一点点情况。为什么父母会这样？你也不肯告诉我关于爸爸的事。我以为是我自己，是我对你做的事，让你对我如此。一直以来，你们两个都在忍受那些闲话带来的痛苦。"

"别再提这件事了。"她闭着眼睛恳求道。

"我不会再提了。我很抱歉给你们的生活带来了这么多痛苦。因为我不知道，也不去想。"

她哭了起来。"别再说了。别再说了，"她说，"再给我讲讲你的爱人吧。她现在做什么？她工作了吗？她会说我们的语言还是只会说英语？"

"她当然会说我们的语言。她喜欢吃冰淇淋。"我说。

"我们这里可以买到冰淇淋。"她说。

我们一直聊到深夜。她时不时地去看看老太太，然后我就会发现自己累得打瞌睡。每次我都及时醒来，这样她就看不到我有多累了。我知道她在等扎基雅和我父亲，我不想让她独自面对这些烦恼，以及我给她带来的那些额外的烦恼。随着她对艾哈迈德先生的愤怒加剧，她开始振作起来。她说，她很高兴我拒绝了他的工作提议。"这是真主对他的惩罚。他连一点钱也不给你，而那本来是你的权利，所以真主把他的女儿从他身边带走了。"

"别太夸张了。"我说。

"他活该。"

"我还没有把他的女儿从他身边带走。我得先想办法赚大钱。到那时，我可能已经是个老头了，而她可能已经嫁给了别人。"

"别瞎说，"她说，"总会有办法的。"

"尤其是如果真主在这件事上站在我们这边的话。"

"不要亵渎神明。"她说，眼睛闪着光看着我。

最后我们俩都太累了，坐在椅子上打瞌睡。"很晚了，已经过了午夜。他们今晚不会回家了，"我说，"我去锁门。"

"不用，"她厉声说，"你去睡吧……我……我会锁的。"

我知道她在撒谎，她会像多年来那样睡在院子里，等他们俩都回来后才锁门。

　　"我明天必须和爸爸谈谈……关于这一切。他会收到艾哈迈德舅舅的信。"我说。

　　"我跟他说吧。"她说。

　　"我不害怕。"我抗议道。

　　"我考虑的不是你，"她说，"我考虑的是他。让我来吧。"

　　那天晚上他们谁也没回家。他们两人都在第二天上午出现了。他们从别人那里听说我回来了。父亲看起来很疲惫，我看得出他的眼睛因缺乏睡眠而疼痛。他热情地跟我打招呼，好像什么事也没有，而我也才刚刚到。我询问了他的健康状况，他说得很详细，因为他一心要掩饰自己的羞耻感，没有问起我的冒险经历。母亲在他问我之前就把他带走了。我听到了他的咒骂和愤怒，然后我听到他大笑起来。我想父亲会欣赏我挖走那个有钱的守财奴的女儿的举动。他走出来的时候努力不让自己笑出来。他装作要和我擦身而过的样子，然后突然转过身来，拍了拍我的肩膀。

　　"所以这就是我们付车费的原因，"他笑着说，"这样你就可以去勾引体面人家的女儿了。你的所作所为是错误的。"他压低了声音，"但是那个该死的守财奴活该。他认为我们配不上他，但你让他明白了。"

　　"爸。"我说，试图打断他。

　　"他现在已经失去了两个女人了，那个傻屌。一个也许你能理解，倒霉，悲剧……但是两个。他是个什么样的笨蛋？他邀请你大老远过去就是为了开个玩笑！"

"爸，"我说，把手放在他的胳膊上，"老太太病得很重。她昨晚情况很糟糕。我们必须送她去医院。"

"她不会去的。"他轻轻地说，捏了捏眼睛，想减轻疼痛，"我试过了，可她就是不去。"

"我们必须再试一次，"我压低声音说，"她可能快死了。"

他看起来好像要阻止我，然后点了点头。他看上去苍老而疲惫。他又点了点头，把目光从我身上移开。"我们今天必须带她去，"我说，"随你怎么说，但我们必须说服她去医院。"

"好吧，"他厉声说，"我现在就去找她。"

他和祖母在一起的时候，扎基雅回来了。她来我房间找我，打扮得花枝招展。她靠在门上站着，看上去随意而老练。

"我听说你要结婚了。"她说，嘲笑我的天真。

我站起来走向她。她从门上站起来，看上去很害怕。我把手放在她的肩膀上，捏了捏。"你在干什么？你怎么了？"我问。

她脸皱得像个孩子，哭了起来。我把她拉进房间，抱着她，她抽泣着。她紧紧地抓着我，把脸贴在我的肩膀上。我感到泪水和口水浸透了我的衬衫。当她稍稍平静下来后，她松开了手，一句话也没说就走了。我叫她，但她没有回来。我追了出去，但父亲叫我回去，说老太太同意去医院了。我说我去叫辆出租车。我出去找扎基雅，但人早就没影儿了。

父亲和我把老太太抬到车上。我回来后就没见过她。她看上去憔悴而苍老。她闭着眼睛，喘着粗气。在我们把她抬出去之前，母亲想给她洗干净，但她身上明显有一股死亡的味道，还有陈粪和尿的气味。我们坐在她的两边，在她翻身时扶着她。她咕哝着哭了起来，我们俩谁也没有去安慰她。

医院一开始拒绝了我们，坚持要我们加入排队等待的病人。在人群的注视下，父亲对护士大发雷霆。一个女人警告护士说，如果老太太死了，她的死就会记在他的头上。护士看上去害怕了一会儿，然后变得非常生气。他如此恶毒地辱骂那个女人，以至于人群对他群起攻之。四面受敌之下，他去找来了护士长，后者立马安排老太太住了院。

父亲回去上班时，我留了下来。我跟着手推车来到病房，等待着病人们被重新安排，以便给祖母腾出地方。病房简直就是地狱。墙上满是污垢。窗户正对着病房的门，所有的百叶窗都掉了下来。床挤在一起，被狭窄的通道隔开，通道上杂乱地放着锅和包。一排排的绳子在房间里纵横交错，有些绳子上挂着蚊帐。病房里弥漫着脓水、腐烂的身体、陈旧的呕吐物和脏衣服的味道，以及各种最恶臭的气味。病恹恹的身体躺在金属床上，有的倾身观瞧，而大多数则躺在那里没人管。

护士们强迫其中一名妇女下了床。她是一个瘦弱干瘪的老妇人，她毫不反抗地顺从了。她收拾起破烂的被褥，疲惫地拖着身子向门口走去。她的手和脚因风湿而扭曲打结。她的脖子弯着，好像扛着什么东西，她那萎缩的脑袋像食腐动物的喙一样指着地面。护士们对着她腾出来的床做了个鬼脸。光秃秃的床垫上有污迹和一道道黏液。他们把床垫翻过来，把我祖母放在上面。

我问他们医生什么时候来，他们说不知道。他们告诉我，如果我愿意，可以留下来等。我问他们从床上搬走的老妇人会怎么样。两位护士互相看了一眼。

"要不我们把她带回来吧？"其中一个问我。

我在走廊上等着。那位患风湿病的老妇人在那里和其他病人在一起。医生下午晚些时候来了。他给祖母做了检查，并说他回来后会安排给她做 X 光检查。他解释说他要去丹麦呆几天，作为文化部长的私人医生，文化部长要去那里订购领袖的雕像。我问他能不能让他的助手来做 X 光检查，他告诉我他没有助手。

我们轮流照看她。下午晚些时候，父亲来替我，母亲在医院过夜。第二天，当我在阳台上睡着的时候，她死了。是护士们来告诉我的。他们让我把尸体搬走，因为他们需要病床。我要了担架，但他们说没有了。我说我得去找人帮忙，弄口棺材。他们把老太太的尸体放在病房尽头的水闸室里。没有医生签署死亡证明。没有它，我们就无法埋葬她。我去找父亲，他花钱请一位护士在证明上签了字。我们把尸体放在出租车的后座上运回了家，上面盖着旧毯子。

我去法院给她做了死亡登记，拿到了那张去墓地的凭条。掘墓人抱怨活累，我不得不贿赂他。我们把院子遮挡起来，在露天清洗她的尸体，把她身体里能挤出来的东西都挤一挤，然后用薰衣草给她做防腐处理。扎基雅回来帮母亲收抬房子，准备迎接客人。

第二天我们埋葬了她。把她的遗体送进公墓的是一个可怜的送葬队列，我们只有六个人轮流抬着她的遗体去安息。母亲是唯一哭过的人，她为祖母最后几年里遭受的痛苦而哭泣。

生活还得继续，父亲说，很快又恢复了他往常的生活，只是比以前更谨慎，热情也大大降低。他心中的火渐渐熄灭了，现在他在屋里进进出出，闷闷不乐，满腹歉意。他从未和扎基雅说过话。

她拒绝听我的恳求。她告诉我她租了一个房间，打算月底搬到那里去。她不需要说明这个房间是做什么用的。她说她的男朋友会养活她。

"他有自己的家庭。他会玩弄你，直到玩腻了，然后把你转给别人。请理智一点。"我恳求道。

"我能照顾自己。"她说。

"那个房间最终会变成妓院的。"我说，想要刺痛她。

"谢谢你，"她苦笑着说，"如果你愿意，你可以到那儿去看我。除非这会使你感到太丢人。"

"我当然会去的。但你为什么要这么做？你为什么要这样生活？"

"我不知道，"她尖叫道，"我不知道。我不知道。"

母亲知道后，求她不要去。她跪在扎基雅面前，恳求她，泪水顺着她的脸颊流了下来。最后我硬拉着母亲离开，把她搂在怀里，她抽泣着恸哭起来。扎基雅当时没有离开，但我知道这只是时间问题。她以一种我不能完全理解的方式看待自己。她把自己的角色发挥得淋漓尽致，穿着打扮还有摆动臀部的样子，都像一个老练的年轻妓女一样。然而，她对自己的样子感到羞愧。看着她在街上大摇大摆地走着，我的心都要碎了。

我告诉母亲我不去上学了。那天政府终于公布了我们的考试结果。我的成绩比预期的还要好，足以直接进入内罗毕大学。我们没有学费，政府奖学金和以前一样是不可能获得的。

"这里有很多事可以做。"我说。她开始每天晚上到我的房间来，和我坐在一起。她起初什么也没说，只是用怀疑的目光看着我。我忍不住笑了。

"你在这儿没什么可做的，"她厉声说，"你在这个地方能干什么？变得像我们一样吗？"

"我像你，"我说，"我要上师范学院。我将成为一名教师。他们会录取我，而且你们不用付任何费用。如果爸爸不反对，我还可以住在家里。"

"不，不，"她痛苦地说，"去做你想做的事吧。放手去做，过你自己的生活。别呆在这儿。我们可以照顾自己。别忘了你对萨尔玛说过的话，你说过你会为她付出一切，回去找她。不要只是为了我们而留下。这个地方会要了你的命。"

我申请了师范学院，他们几乎立刻就录取了我。我会在下一学年开始的时候入学，也就是一月份。扎基雅说我是个傻瓜，母亲对着我摇了摇头。"谁需要你留在这儿？"

她问。

"你需要我。"我说，看到她问问题时的嘲笑和轻蔑，我笑了，"你需要我平静的力量。"

"到目前为止，没有它，我们也挺过来了。你就让我们继续挣扎吧。我们不需要你的牺牲。"她拍了拍我的胳膊，不让我笑，"你听到了吗？我不是在跟你开玩笑。去看看外面有什么。这里没人需要你。当我们的孩子都没有足够的学校时，谁还需要老师呢？"

"当老师有什么不好？他们会修建学校，总得需要教师。"

"你没在听，"她生气地说，"在这所学校里他们会教你什么？如何欺负小孩子？这是你想要的吗？"

"我不必欺负孩子们。并不是所有的老师都这么做。我会有用的，我会在这里……在我自己的同胞中间。"

她一次又一次地回到这个话题，而扎基雅一直是她心甘情愿的盟友。她们从没在我父亲面前谈过这件事。他似乎很高兴我能留下来，开玩笑说要用棍子对付我未来的女学生。

"萨尔玛怎么办？"我母亲问。

"是啊，你的未婚妻怎么办？"扎基雅问。

"什么未婚妻？我怎么才能让她父亲相信我不是个可鄙的人？也许那只不过是在内罗毕的一时冲动。也许那只是一段假日恋情。"

"你真可鄙。"扎基雅说。

"注意你和你哥哥说话的方式，"母亲警告说，"他可以用棍子打你。"

我没想到她们会这么坚持。她们竟关心我将来做什么，这让我受宠若惊，但也让我很难回避真相。

"你只是害怕。"扎基雅说。她刚搬到她租的房间，这是我第一次去看她。"这么多年来你一直说要离开，可现在你却没这个胆子。"

"我没有钱。"

"你只是害怕。"她摇着头说。

"好吧，我是害怕，"我承认道，"我一直很害怕。一想到要去另一个我一无所知、谁都不认识的地方旅行，我就觉得很可怕。我一直觉得这很可怕。但无论如何，我连车费都没有。我连车费都没有，还为离开而烦恼又有什么意义呢？外面有什么东西值得冒这么大的风险？"

"一直就有的东西。它还在那儿，不过你屁股坐在这个愚蠢的地方是不会发现的。"

我开始在过去常去的地方游荡，开始感到过去的绝望又回来了。我的内罗毕之行开始成为遥远的记忆。给萨尔玛写信的事一直让我犯难。我睡到上午很晚才起床，大热天里在街上闲逛。阳光带来的不适感就像是对在床上虚度光阴的忏悔。我花了几个小时看着苍蝇在我身上爬来爬去，看着它们从我的胳膊和腿上吸汗。

我几乎每天都去码头。现在我不再是个孩子了，海关警卫不再像过去那样在门口拦住我了。总有人在码头上漫步，凝视着大海。入境大楼对面有一个小卖部，散步的人会在那里停下来喝冷饮或茶。经营小卖部的人认识我父亲，从他在码头工作的时候就认识他了，那时他为那些不会写字的人填表。那人非常友好，喜欢谈论他在海上的日子。他告诉我他儿子从蒙巴萨①偷渡到格拉斯哥②，他现在就住在那里。我知道这个故事，也知道那些被发现并被扔到海里的人的故事。我告诉他时，他笑了。"我们在我乘坐的一艘船上发现了一个偷渡者，船长让我们把他扔进了螺旋桨里。他是一位意大利船长，来自巴拉瓦③。还有一次我们发现了一个阿非利卡人④。我们在船上到处追他，最后他跳进了海里。我们眼睁睁地看着鲨鱼把他吃掉了。"

有几天晚上，我梦见小时候见过的一只乌鸦。它的爪子被切断了，每当它试图着陆的时候，总是用它的残腿触地。它跌跌撞撞地绕着我们学校操场的边缘，从一棵树飞到另一棵树，一群孩子追赶着朝它扔石头。当它飞过田野，飞向学校大楼时，它的生命结束了。它倒在地上，脖子已经软软的了。我梦见有人把乌鸦藏在我的枕头底下。

我试着开着灯睡觉的第一天晚上，母亲走进了房间。她坐在床脚边，等着我不再假装睡着。"我把灯关掉好吗？还是你也开始怕黑了？"

"爸在家吗？"我问。

"在，他喝醉了，"她说，"今晚有人打了他。他很安静。我不知道那个人会怎么样。"

"我想离开这里，"我说，"我不知道如何……"

---

① 蒙巴萨（Mombasa），肯尼亚第二大城市。
② 格拉斯哥（Glasgow），苏格兰第一大城市。
③ 巴拉瓦（Barawa），索马里港口城市。
④ 阿非利卡人（Afrikanda），祖籍欧洲（尤其是荷兰）的南非人。

她等着我继续说。

"妈，你能说点什么吗？"

"你想让我说什么呢？告诉我怎么帮你，我会帮你的。如果你只是想聊聊，那我累了。在这个家里有一个挨打的人就够我受的了。"

"我想在船上找份工作，"我说，"爸会认识一些人的……他也许能跟什么人说说。他可能认识码头的人，他在那里工作的时候认识的。他可能会给我找个人。"

"好吧，"她说，苦笑着，"我会告诉他的。"

第六章

亲爱的萨尔玛：

我花了很长时间才写到这里，落笔之后，我不再确定这算不算是一个恰当的开头。这已经是我写的第七个开头了，一次比一次差。七是个吉利数，所以我知道尽管一开始很糟糕，最终会有好结果的。

自从我上次见到你，然后一怒之下离开内罗毕，三个月的时间过去了。估计你现在已经上大学了，不会有时间回忆起我坐着火车到这个城市的短暂访问。（别当真，我希望你能想起我们在一起的每一个时刻。）

我离开你的第二天就见到了玛丽亚姆，并和她谈了很久。我已经觉得她是个好朋友了。她告诉了我很多关于你的事。她答应我第二天会来看你，我希望她真的来了，并转达了我对你的爱意。我每天都在想你。我答应过会给你写信，而且打算一到家就写。但到家后，这个计划就被一些事情耽搁了。在那之后，我就失去了勇气，尽管如果我真的尝试的话，我可以找到一种不那么痛苦的方式来描述它。你是一个美好未来的一部分，但我发现这里有太多的痛苦，所以每当我想到它，我就会感到无法自拔。这种时候我怎么能考虑离开呢？我想写信问候你，只是想确保你不会忘记我，但即便如此，这也像是一种背叛，像是一种自私。我怎么能那样想呢？我不知道。也许是因为我只看到了我的人民的痛苦和失败。我只看到毫无意义的固守旧习。我祖母去世了，我们几乎没有为她感到哀伤。就好像她没有和我们在一起生活过，而是像一个过客，又继续她的旅程。我感觉到我们的无可奈何，并感到一种古老的绝望开始笼罩我。我觉得我应该留下来做些有用的事。我不能怀着那样的心情写信给你。

也许我本来应该留下来。我也打算那样做，但我现在离家已经有三个星期了，目前在孟买①和马德拉斯②之间。我在一艘名为爱丽丝号的船上工作，是一名卫生员。我无法抗拒这个机会，常常觉得自己是个逃兵。

感谢真主，我们今天早上离开了孟买。这是一个噩梦般的城市，拥挤而嘈杂，到处是令人难以置信的污秽。每个人似乎都在喊叫、推搡或乞讨。我必须承认我几乎没有离开过港口。这地方吓着我了。现在已是深夜，我在顶层甲板上，在救生艇的灯光下写这封信。我们在孟买搭载了许多乘客，大部分是去新加坡的。我们的货舱已经满了，在抵达新加坡之前不会有多余的舱位了。我们在马德拉斯停留是为了几位从蒙巴萨上船的乘客。

这是一艘脏兮兮的船，适合运载脏兮兮的外国佬。其中一层甲板被改造成了一个巨大的、黑暗的牲口棚，里面一排排的金属铺位，相距不足三英尺。铺位上没有被褥，一些乘客就睡在光秃秃的弹簧上。他们在下面生活和做饭，把他们

---

① 孟买（Bombay），印度西部滨海城市，印度第一大港口，棉纺织业中心。
② 马德拉斯（Madras），印度东南部港口。

的包裹散放在过道上，点上普里默斯油炉①来煮米饭和豆子。这是一个可怕的地方，总是很黑，即使有几盏灯还亮着。这里闻起来有干椰肉和潮湿的黄麻的味道，好像曾经被用作货仓。在这下面，你可以闻到和尝到人类肮脏的味道，听到来自中间航道②呻吟的回声。铺位上总是有人四肢伸开躺着。裹着旧纱丽的胖妇人看上去臃肿潮湿，像是格格不入的生物。瘦削、结实的男人，带着绝望的幻想凝视着半明半暗的光线。孩子们蜷缩成胎儿的形状躺在那里，像是等待死亡的病羔羊。我们拿着水桶和海绵走到他们中间，告诉他们要讲究卫生。

我的老板叫马丁博士，是个澳大利亚人，脾气很暴躁。他不在意任何人，但喜欢认为自己是个好人。他是个酒鬼，说起乘客们，就好像他们是神秘主义者一样。他对待船员就像对待猪一样。他试图让我相信，我太聪明了，不会成为他们中的一员。一开始我对他心存疑虑，不确定他想要什么。现在想来，他应该是心怀善意。他给我看过他女朋友的照片，说她在悉尼等他。她长得很好看。

我希望事情不是这样。真希望我没走那么远。他把船员当猪一样对待是对的。他们叫我撸管男，意思是我自己一个人干那事。有时他们叫我外国佬或黑鬼。他们都很在意自己的男人身份，都想被别人视为硬汉。希腊人是最糟糕的。

---

① 普里默斯油炉（Primus stove），一款轻便易携带的一体式油炉，1892 年由瑞典人弗朗斯·威廉·林德奎斯特（Frans W. Lindqvist）设计。
② 中间航道（Middle Passage），指跨大西洋奴隶贸易期间（约 1518 年至 19 世纪中期）从非洲到美洲的航路。

奇布克，奇布克①，好像这就是他们在不嚼葡萄叶和强奸女半神时所做的一切。

我得到新年才能回来，所以即使你无法回复，我也会继续给你写信。也许我回来后会去看你，或者你可能对去海边旅行感兴趣。我必须在这艘船上呆到那个时候。对于你父亲的事，我感到很抱歉，希望他一切安好。得到这份工作真是让人松了一口气。我终于不用在尼罗河上一路奋战了。也许等我们又有钱又出名了，我们就可以环游世界，我就可以认识我们停靠的港口的人。也许我会把你介绍给某个不知哪里来，如今在澳门经营鸦片馆的胖胖的前任皇帝，或者我们可能会遇到某个被困的吉姆老爷②。你知道，这是在东方，此类事情真的会发生。

我想了很多，关于家乡，关于我的同胞，关于他们的生活方式。我对离开那个地方感到如此痛苦。谁会想到呢？我从未想过我会思念那片土地。现在我担心我可能会忘记那一切。太有戏剧性了！我想家了。我甚至想念我们家隔壁开妓院的那个老人。有时我想不起一些人的名字，即使才过去这么短的时间。我试图回忆起街道的样子和房子的颜色。我告诉自己，我被流放了。这让我更容易忍受这种感觉，因为我可以给它起一个不让我感到羞耻的名字。

这封信是不是太长了？希望它不会太沉闷。也许我应该学着写诗。如果说它有什么用处的话——我的意思是诗

---

① 奇布克（Chibuk），土耳其长烟管。
② 英国作家约瑟夫·康拉德（Joseph Conrad，1857—1924），代表作《吉姆老爷》（*Lord Jim*，1900）中的主人公。

歌——那只能是让我们感到，我们那些肮脏的、小小的恐惧和感知是更有意义的事物的一部分。在这一点上我也失败了，我认为这是一种缺乏胸怀的失败，一种扭曲的需求，总是要寻找错误、寻找失败，并以一种伪装成高尚的冷酷来搜寻。我在一种震惊和惊异的状态中度过了我之前短暂的人生——那般无尽的恶意，那般无法感受到温暖。我花了这么多年的时间收集对自己的怨恨，用别人对我做的错事酿造出的酒来滋养它们。仅仅是生活在那个地方就让我感到内疚，觉得自己是多余的，但似乎错在我身上。正是这种被指责的感觉让我陷入了沉默。

　　我不知道我说的这些话你能听懂多少。我甚至都不确定要不要告诉你这些。既然写下来了，我就不改了。或许这与大海有关。它是如此不可名状地凄凉和充满敌意。有风浪时，我们的小船颠簸在数十亿立方英里的大海上，好像连块碎片都算不上。其他时候，大海是那么平静，那么美丽明亮，闪闪发光，那么坚实，却又变幻莫测。我渴望美丽、坚实的土地在我脚下的感觉。

　　我做梦都会梦到你。我不停地想你。我从未想过事情会是这样，如此美好，却又如此痛苦。告诉我你如何一直惦记着我。我迫不及待地想要回到你身边。

爱你的，

哈桑

1968 年 10 月 29 日

写于爱丽丝号轮船上

译后记

　　《离别的记忆》是 2021 年诺贝尔文学奖得主阿卜杜勒拉扎克·古尔纳的小说处女作，是他于 1973 年在英国肯特大学攻读博士学位期间完成的。古尔纳向海涅曼出版社的"非洲作家系列丛书"（Heinemann African Writers Series）投稿，一开始出版方表示愿意出版，但需要一份来自内罗毕的鉴定报告。那份报告最终拒绝了古尔纳，认为他的作品"不够非洲"，因为他没有以人们预设的非洲作家的方式去写作。多年碰壁之后，这部小说才最终于 1987 年由乔纳森·凯普出版社（Jonathan Cape）出版。

　　作品以简洁、生动的语言，采用第一人称叙事，讲述了一个东非斯瓦希里少年的成长历程和精神重生。主人公哈桑·奥马尔出生在海滨小镇肯格一个贫困潦倒的阿拉伯裔穆斯林家庭。父亲奥马尔放荡不羁、酗酒成性、残忍暴虐；母亲懦弱隐忍，近乎宿命地接受了丈夫的残酷虐待；哥哥赛义德性情顽劣、桀骜不驯，六岁时意外死于火灾，为此哈桑多年来背负骂名；妹妹扎基雅大胆叛逆，最终沦落风尘。国家的独立带来了社会动荡和对自由承诺的背叛。新政府担心人才外流，迟迟不公布高中毕业考试结果。由于得不到奖学金，哈桑来到内罗毕投奔富有的艾哈迈德舅舅，期望要回母亲应得的家族遗产。在那里他发现了一个更大的世界，但很快揭开了田园诗般生活的面纱，看到了充斥于这座现代非洲城市的腐败和虚伪。与表妹萨尔玛的朦胧爱情燃起了哈桑对生活的希望，但这种浪漫的越界之举激怒了舅舅，致使他把哈桑逐出家门，一个令人不堪的家族秘密也随之浮出水面。走投无路的哈桑最终选择离开家乡，坐船出海，到远方去寻找未来。

《离别的记忆》的故事部分发生在20世纪60年代的东非海滨小镇肯格，部分发生在肯尼亚首都内罗毕。小说采用碎片化叙事手法，陆续揭示了哈桑生活中的关键事件。为了更好地理解这部作品，我们不妨以哈桑的三次离别为线索，把小说大致分为三个部分。

第一部分发生在肯格，讲述了哈桑家族的变迁。哈桑童年的中心事件是目睹哥哥赛义德的意外死亡。火灾来得太突然，五岁的哈桑茫然无措，未能为哥哥提供帮助，为此全家人都迁怒于他。这个创伤性事件使哈桑负疚多年，也造成了他与父母之间关系的疏远。家庭的衰败与哈桑的成长相伴而行：父亲酗酒、嫖娼成性，母亲把自己封闭在痛苦的沉默中，妹妹扎基雅自暴自弃。镇上的码头是哈桑唯一的避难所，在那里，他移居国外的梦想开始成形。出国留学的前景和逃离压抑环境的想法，给哈桑提供了一个令人信服的理由，让他努力追求学业卓越。哈桑的成年与国家从英国殖民统治下获得独立是同步发生的。由于哈桑的阿拉伯裔背景，作为曾经的压迫者的后代，他无法获得新政府提供的奖学金。为此，母亲说服他去拜访内罗毕的舅舅，希望借此机会要回家族遗产。父亲早年因被控性侵儿童而入狱的经历致使哈桑无法获得护照，最后在扎基雅的暗中帮助下，他才拿到护照。毕业考试前夜，父子在雨中踉跄而行的一幕在某种程度上促进了二者的和解，而后来父亲在火车站送别哈桑的场面则有几分神似朱自清的《背影》，读来让人感触颇深。

第二部分聚焦于哈桑的内罗毕之旅。哈桑带着使命踏上了从滨海小镇到东非大都市的旅程。在火车上结识的青年摩西·姆维尼，激情澎湃，言之凿凿，呼吁通过铁血式领袖领导革命来实现国家富强和民族振兴，而此后发生的一切揭穿了他的谎言，是对所谓民族主义者的莫大讽刺。作为独立后新兴资产阶级的代表，艾哈迈德虽然生活条件优渥，但唯利是图，无意帮助哈桑，只想让他为自己打工。他还试图把女儿嫁给富商之子，以换取丰厚的彩礼。与艾哈迈德舅舅的短暂交往让哈桑意识到，从他那里获得留学资助只是无望的期许。城乡生活的巨大反差和寄人篱下的感觉强化了哈桑的疏离感和思乡情怀，与萨尔玛之间逐渐萌生的爱情是他获得的唯一安慰。但好景不长，艾哈迈德舅舅觉察到两人苗头不对，大雨中把哈桑逐出家门。他从萨尔玛闺蜜玛丽亚姆那里得知了萨尔玛母亲的丑闻和服毒自杀的悲剧，进而理解了舅舅过激反应的成因。哈桑带着委屈和愤怒离开了舅舅家，离开了内罗毕这个短暂停留的大都市，是为第二次离别。

第三部分主要讲述了哈桑回到家乡后发生的事情及第三次离别。祖母去世、扎基雅沦为妓女、父亲稍有收敛但旧习难改、留下来前途渺茫，这一切使哈桑陷入困闷与迷茫。在母亲和扎基雅的劝说和鼓励下，哈桑终于下定决心离开。小说的结尾是哈桑在一艘从东非驶往新加坡的轮船上写给萨尔玛的一封长信。哈桑在信中表达了自己既希望留下又希望离开的矛盾心态，对家人的愧疚和对萨尔玛的思念。小说的开放式结局为古尔纳之后的作品，也给读者的想象，留下了空间。

《离别的记忆》是一部成长小说，通过描写哈桑在原生家庭中遭遇的不幸和创伤，勾勒出一个肩负历史包袱的敏感少年如何一步步走向觉醒的发展轨迹。诚然，作品中不乏对东非家庭和社会生活的负面描写，但与此同时，透过哈桑的坚韧执着、萨尔玛的善良友善、玛丽亚姆的从容自信，我们也不难看出作品所蕴含的积极向上的力量。

正如古尔纳所言，"来自一个地方，却生活在另一个地方的状况"是其多年来的创作主题。"离别"与"记忆"在很大程度上是理解和把握古尔纳作品的两个关键词。他笔下的人物常常在家乡的幽闭恐惧和流亡的孤独困闷之间不断穿梭。作为其作品谱系的起点，《离别的记忆》通过讲述哈桑的三次离别，将对童年、故乡，甚至祖辈的记忆贯穿始终。在情节发展与人物塑造方面，《离别的记忆》与古尔纳之后的作品相比稍显稚嫩了一点，尽管如此，这部作品在很多方面已显示出一位文学大师的禀赋。

虽然我早在 2008 年左右参编《当代外国文学纪事：1980—2000》（英国卷）时就开始关注古尔纳，后来在《外国文学动态》（2012 年第 3 期）发表过评介古尔纳的文章，但翻译他的作品还是具有挑战性的。作品中的斯瓦希里语、阿拉伯语及其他非英语词句，与东非历史、政治、社会文化、宗教相关的知识都构成了一定程度的翻译困难。感谢上海译文出版社宋玲老师的信任以及责任编辑宋金老师对译文的修改和润色。限于个人水平，译文难免存在不足之处，恳请专家学者和广大读者批评指正，在此谨致谢忱。

张峰

2022 年 12 月

2021 年诺贝尔文学奖得主
阿卜杜勒拉扎克·古尔纳获奖演说

写　作

　　写作向来是一种乐趣。当年我还是个小男生的时候，课程表上的所有科目当中，我最期盼的就是上写作课，写一个故事，或是写我们的老师认为能激发我们兴趣的任何东西。这时所有人都会安静下来，伏在课桌上面，努力从记忆中或是想象中提取一些值得讲述的东西来。在这些青涩的作品中，我们并不渴望诉说什么特别的事情，或是回忆某段难忘的经历，或是表达个人坚信的观点，或是一诉心中的愤懑苦情。这些作品也不需要任何别的读者，只是写给催生它们的那位老师一个人看的，作为一种提高我们漫谈技巧的练习。我写作，因为老师让我写作，因为我在这样的练习中找到了如此多的乐趣。

　　多年以后，等到我自己也成了一名教师，我又重演了这段经历，只是角色颠倒了过来：我会坐在一间安静的教室里面，学生们则在伏案奋笔。这让我想起了 D. H. 劳伦斯的一首诗，我现在就想引用其中的几句：

引自《最好的校园时光》

我坐在课堂的岸边，独自一人，
看着身穿夏日短衫的男孩们
在写作，他们的圆脑袋忙碌地低垂着：
然后一个接着一个他们抬起
脸来看向我，
十分安静地沉思着，
视，而不见。

接着那一张张脸便又扭开，带着小小的、喜悦的
创作兴奋从我身上扭开，
找到了想要的，得到了应得的。

　　我所描述的以及这首诗所回忆的写作课，并非日后写作
将会呈现在我眼前的模样。它不像后者那样被驱动，被指
引，被回炉，被不断地重组。在这些青涩的作品中，我的写
作是一条直线，可以这么说吧，没有太多犹豫和修改，有的
只是纯真。写作之外我还如饥似渴地阅读，同样没有任何方
向指引，当时我还不知道这两者之间有着怎样密切的联系。
有时候，如果第二天不需要早起上学，我就会读书读到深
夜，我的父亲——他自己也算是个失眠症患者了——都不得
不来我的房间，命令我熄灯。哪怕你有这胆子，你也不能对
他说，既然他也没睡，凭什么你不行呢，因为你不能这样子
和父亲说话。再者说，他是在黑暗中失眠的，灯也关了，为

的是不打扰母亲，所以熄灯令依然有效。

　　与我年轻时那种随性的体验相比，日后我所从事的阅读与写作可谓有条不紊，但其中的快乐从来没有消失过，我也很少感到过吃力。不过，渐渐地，快乐的性质发生了改变。直到我移居英格兰以后，我才充分认识到了这一点。正是在那里，饱受思乡之苦与他乡生活之痛，我才开始深思此前我从未考虑过的许多事情。也正是在这一时期，在长期的贫穷与格格不入之中，我开始进行一种截然不同的写作。我渐渐认清了有一些东西是我需要说的，有一个任务是我需要完成的，有一些悔恨和愤懑是我需要挖掘和推敲的。

　　起初，我思考的是，在不顾一切地逃离家园的过程中，有什么东西是被我丢下的。1960年代中期，我们的生活突然遭遇了一场巨大的混乱，其是非对错早已被伴随着1964年革命巨变的种种暴行所遮蔽了：监禁，处决，驱逐，无休无止，大大小小的侮辱与压迫。在这些事件的漩涡当中，一个少年的头脑是不可能想清楚眼下之事的历史与未来影响的。

　　直到我移居英格兰后的最初那几年，我才能够深思这些问题，琢磨我们竟能对彼此施加何等丑恶的伤害，回首我们聊以自慰的种种谎言与幻想。我们的历史是偏颇的，对于许多的残酷行径保持沉默。我们的政治是种族化的，直接导致了紧随革命而来的种种迫害：父亲在自己的孩子面前被屠杀，女儿在自己的母亲面前被侵犯。身居英格兰的我，远离所有这些事件，同时却又在精神上深深地为它们所困扰——这样的处境，比起继续同那些依然承受着事件后果的人一起生活，或许反倒使得我更加无力抵抗这种记忆的威力。但我同时还被另一些与这类事件无关的记忆所困扰：父母对子女犯下的残酷行径，人们因为社会与性别教条而被剥夺充分表达的权利，以及种种容忍贫困与依附关系的不平等。这些问题普遍存在于所有人类的生活中，并不为我们所特有，但它们并不会时时挂在你的心头，除非个人境遇迫使你认识到它们的存在。我猜这就是逃亡者所不得不背负的重担之一——他们逃离了创伤，自己找到了安全的生活，远离那些被他们抛在身后的人。最终我开始将一部分这样的反思付诸笔端，不是以一种有序的或是系统的方式，当时还没有，只是为了能够稍稍澄清一点心头的困惑与迷茫，并从中获得慰藉。

不过，假以时日，我渐渐认清了还有一件令人深感不安的事情正在发生。一种新的、简化的历史正在构建中，改变甚至抹除实际发生的事件，将其重组，以适应当下的真理。这种新的、简化的历史不仅是胜利者的一项必不可少的工程（他们总是可以随心所欲地构建一种他们所选择的叙事），它也同样适合某些评论家、学者，甚至是作家——这些人并不真正关注我们，或者只是通过某种与他们的世界观相符的框架观察我们，需要的是他们所熟悉的一种解放与进步的叙事。

如此，拒绝这样一种历史就很有必要了，这种历史不尊重上一个时代的实物见证，不尊重那些建筑、那些成就，还有那些使得生活成为可能的温情。许多年后，我走过我成长的那座小镇的街道，目睹了镇上物、所、人之衰颓，而那些两鬓斑白、牙齿掉光的人依然继续着生活，唯恐失去对于过去的记忆。我有必要努力保存那种记忆，书写那里有过什么，找回人们赖以生活，并借此认知自我的那些时刻与故事。同样必要的还有写下那种种迫害与残酷行径——那些正是我们的统治者试图用自吹自擂从我们的记忆中抹去的。

另一种对于历史的认识同样需要面对——这种认识是我在移居英格兰，接近其源头之后才渐渐看清的，比我在桑给巴尔接受殖民教育的时候看得更清。我们这一辈人，都是殖民主义的孩子，而在这一点上我们的父辈和我们的晚辈则并非如此，至少和我们不一样。我这话的意思并不是说我们对于父辈所珍视的那些东西感到生疏，也不是说我们的晚辈就摆脱了殖民主义的影响。我想说的是，我们是在帝国主义高度自信的那段时间里长大成人并接受的教育，至少在我们所处的世界区域是那样，当时的殖民统治使用委婉的话术伪装自我，而我们也认可了那套说辞。我指的那段时间，是在整个区域的去殖民化运动开始步入正轨并让我们睁眼看到殖民统治所造成的掠夺破坏之前。我们的晚辈有他们的后殖民失望要面对，也有他们自己的自我欺骗来聊以自慰，所以有一件事他们也许并不能看得很清，或是达不到足够的深度，那就是：殖民史彻底改变了我们的生活，我们的腐败和暴政从某种程度上讲也是殖民遗产的一部分。

这些问题中的一些我在来到英国后看得愈发清楚了，不是因为我遇到了什么人能在对话中或是课堂上帮助我澄清，而是因为我得以更好地认识到，在他们的某些自我叙事中——既有文字，也有闲侃——在电视上还有别的地方的种族主义笑话所收获的哄堂大笑中，在我每天进商店、上办公室、乘公交车时所遭遇的那种自然流露的敌意中，像我这样的人扮演着怎样的角色。我对于这样的待遇无能为力，但就在我学会如何读懂更多的同时，一种写作的渴望也在我心中生长：我要驳斥那些鄙视我们、轻蔑我们的人做出的那些个自信满满的总结归纳。

但写作不可能仅仅着眼于战斗与论争，无论那样做是多么的振奋人心，给人慰藉。写作不是只着眼于一件事情，不是为了这个问题或那个问题，这个关切点或那个关切点；写作关心的是人类生活的方方面面，因此或迟或早，残酷、爱与软弱就会成为其主题。我相信写作还必须揭示什么是可以改变的，什么是冷酷专横的眼睛所看不见的，什么让看似无足轻重的人能够不顾他人的鄙夷而保持自信。我认为这些同样也有书写的必要，而且要忠实地书写，那样丑陋与美德才能显露真容，人类才能冲破简化与刻板印象，现出真身。做到了这一点，从中便会生出某种美来。

而那样的视角给脆弱与软弱、残酷中的温柔，还有从意想不到的源泉中涌现善良的能力全都留出了空间。正是出于这些原因，写作对我而言才是我人生中一个很有价值且十分有趣的组成部分。当然，我的人生还有其他部分，但那些不是我们此刻所要关注的。经历了这几十年的人生岁月，我演讲开头所提到的那种青涩的写作乐趣如今依然没有消失，堪称一个小小的奇迹。

最后，让我向瑞典文学院表达我最深切的谢意，感谢他们将这一莫大的荣誉授予我和我的作品。我感激不尽。

（宋金 译）

Abdulrazak Gurnah

MEMORY OF DEPARTURE

Copyright ⓒ Abdulrazak Gurnah, 1987

This edition arranged with ROGERS, COLERIDGE & WHITE LTD（RCW）

Through Big Apple Agency, Inc., Labuan, Malaysia.

Simplified Chinese edition copyright：

2023 Shanghai Translation Publishing House（STPH）

All rights reserved.

古尔纳获奖演说已获 The Nobel Foundation 授权使用

Nobel Lecture

Writing

By Abdulrazak Gurnah

Copyright ⓒ The Nobel Foundation 2021

图字：09－2022－186 号

图书在版编目（CIP）数据

离别的记忆／（英）阿卜杜勒拉扎克·古尔纳
（Abdulrazak Gurnah）著；张峰译. —上海：上海译
文出版社，2023.7（2024.5重印）
（古尔纳作品）
书名原文：Memory of Departure
ISBN 978－7－5327－9229－0

Ⅰ. ①离⋯ Ⅱ. ①阿⋯ ②张⋯ Ⅲ. ①长篇小说—英
国—现代 Ⅳ.①I561.45

中国国家版本馆 CIP 数据核字（2023）第 086079 号

离别的记忆

［英］阿卜杜勒拉扎克·古尔纳 著 张 峰 译
策划/冯 涛 责任编辑/宋 金 装帧设计/张志全工作室

上海译文出版社有限公司出版、发行
网址：www.yiwen.com.cn
201101 上海市闵行区号景路 159 弄 B 座
山东韵杰文化科技有限公司印刷

开本 889×1194 1/32 印张 6.5 插页 6 字数 108,000
2023 年 7 月第 1 版 2024 年 5 月第 2 次印刷
印数：10,001—13,000 册

ISBN 978－7－5327－9229－0/I·5744
定价：68.00 元